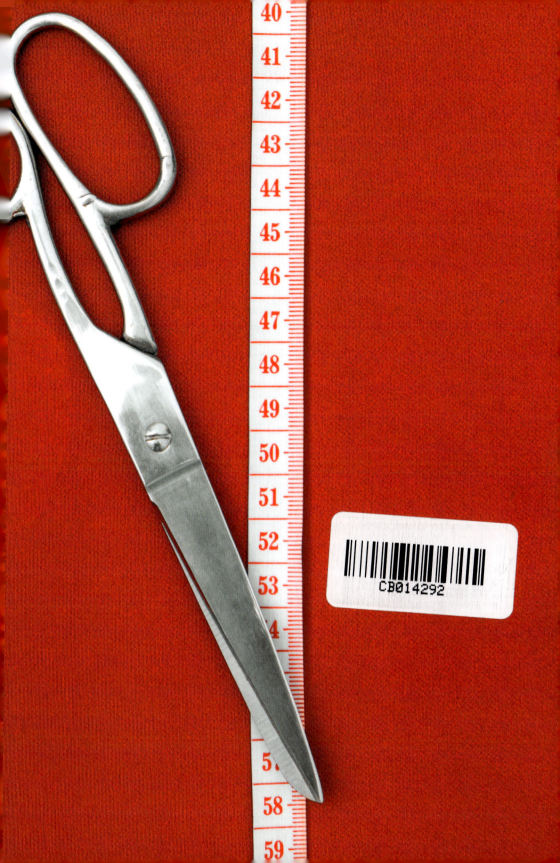

Mulheres
Perfeitas

Ira Levin

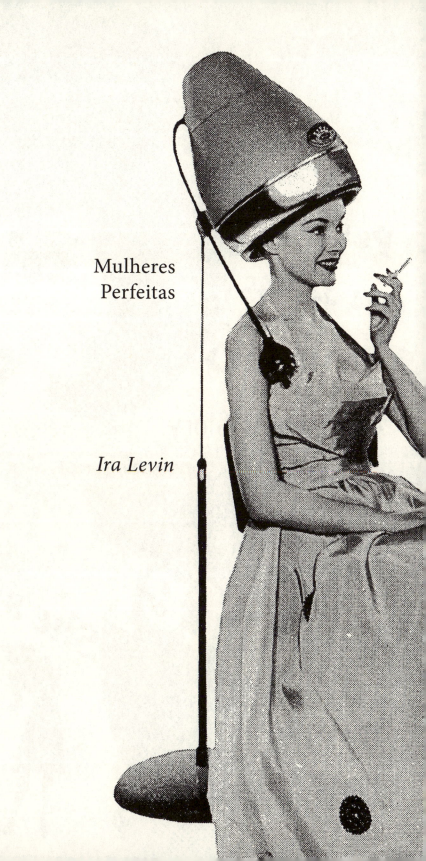

The FLIRT
Style No. 7 $9.95 Cleopatra Style No. 3 $ Style No. $10.95

The Stepford Wives

Love It!
She's Gonna

IT'S NEW

S.T.R.E.T.C.H **WIG**   *Ira levin*   SWING
Style No. 43   STYLE No. 38 SALE PRICE

Don't Worry any Longer about DULL DRAB H

ACTIVE TO MEN—Get Latest Fa
tiful. All Wigs are Full Cap—Celanese ace

THE STEPFORD WIVES
Copyright © 1972 Author Levin LLC
(Renewed 2000)

Tradução para a língua portuguesa
© Luci Collin, 2025

Esta é uma obra de ficção. Nomes, personagens, lugares e incidentes são produto da imaginação do autor ou usados de forma ficcional, e qualquer semelhança com pessoas reais, vivas ou mortas, ou com eventos ou locais reais é mera coincidência.

Diretor Editorial
Christiano Menezes

Diretor de Novos Negócios
Chico de Assis

Diretor de Planejamento
Marcel Souto Maior

Diretor Comercial
Gilberto Capelo

Diretora de Estratégia Editorial
Raquel Moritz

Gerente de Marca
Arthur Moraes

Gerente Editorial
Marcia Heloisa

Editor
Bruno Dorigatti

Capa e Projeto Gráfico
Retina 78

Coordenador de Diagramação
Sergio Chaves

Designer Assistente
Jefferson Cortinove

Preparação
Monique D'Orazio

Revisão
Rodrigo Lobo Damasceno
Vinicius Tomazinho
Retina Conteúdo

Finalização
Sandro Tagliamento

Marketing Estratégico
Ag. Mandíbula

Impressão e Acabamento
Braspor

DADOS INTERNACIONAIS DE CATALOGAÇÃO NA PUBLICAÇÃO (CIP)
Angélica Ilacqua CRB-8/7057

Levin, Ira
  Mulheres perfeitas / Ira Levin ; tradução de Luci Collin. — Rio de Janeiro : DarkSide Books, 2025.
  128 p.

  ISBN: 978-65-5598-452-1
  Título original: The Stepford Wives

  1. Ficção norte-americana 2. Ficção científica 3. Mistério 4. Mulheres I. Título II. Collin, Luci

24-9248   CDD 813

Índice para catálogo sistemático:
1. Ficção norte-americana

[2025]
Todos os direitos desta edição reservados à
DarkSide® *Entretenimento* LTDA.
Rua General Roca, 935/504 — Tijuca
20521-071 — Rio de Janeiro — RJ — Brasil
www.darksidebooks.com

Ira Levin
The Stepford Wives
Mulheres Perfeitas

Tradução
LUCI COLLIN

DARKSIDE

A Ellie e Joe Busman.

Stepford

"Hoje o combate assume outro aspecto; em vez de querer encerrar o homem numa masmorra, a mulher tenta evadir-se; não procura mais arrastá-lo para as regiões da imanência e sim emergir à luz da transcendência. É então a atitude dos homens que cria novo conflito: é com má vontade que o homem libera a mulher."

Simone de Beauvoir,
O Segundo Sexo

deadly

MY
Suitable
numbers
tion of
& weak
ely for
with
ep free

No.	
Reg.	**No**
1	.13
2	.71
3	.121

t. 10-G

The Stepford Wives

ew *Love It!*

My money back

The
FLIRT
Style No. 7 $9.95   Cleopatra   Style No. 3 $12.95

The Stepford Wives / Mulheres Perfeitas
Ira Levin

A SENHORA DO COMITÊ DE BOAS-VINDAS, DE UNS 60 ANOS, MAS ativa e demonstrando entusiasmo e vivacidade (cabelos ruivos, lábios vermelhos e um vestido amarelo-sol), mostrou o brilho dos olhos e dos dentes para Joanna ao dizer: "Sem dúvida, vocês vão gostar daqui! É uma cidade agradável, de gente simpática! Vocês não poderiam ter feito escolha melhor!". Sua bolsa tiracolo de couro marrom era enorme, antiga e toda arranhada; dela, retirou produtos que entregou à Joanna: sachês de bebidas instantâneas para o café da manhã, sopas em pó, uma embalagem pequena de detergente biodegradável, um bloco de cupons de desconto válidos em 22 lojas locais, duas barras de sabão, um pacote de lencinhos umedecidos...

"Chega, chega", respondeu Joanna, que estava em pé na porta de entrada, com as mãos cheias. "Já está bom. Basta. Muito obrigada."

A senhora do Comitê de Boas-Vindas colocou um frasco de água-de-colônia em cima das outras coisas e, depois, procurou algo na bolsa. "Não, falando sério", insistiu Joanna. Então a outra fez surgir uns óculos de armação cor-de-rosa e uma caderneta de anotações toda enfeitada. "Eu escrevo a seção 'Comentários sobre os recém-chegados'", disse ela, sorrindo e colocando os óculos. "É para o nosso jornal *Crônica de Stepford*." Ela remexeu no fundo da bolsa, encontrou uma caneta e apertou-a na ponta com o polegar, cuja unha estava pintada com esmalte vermelho.

Joanna contou de onde ela e Walter tinham vindo; o que Walter fazia e em que escritório; nomes e idades de Pete e Kim; o que ela havia feito antes de os filhos nascerem e quais faculdades ela e Walter haviam frequentado. Enquanto falava, Joanna trocava o peso do corpo de um pé para o outro, impaciente, ali parada na porta de entrada, com as mãos cheias de coisas, e com Pete e Kim fora do seu alcance.

"Tem algum hobby ou interesses especiais?"

Para não perder mais tempo, ela quase disse "não", mas hesitou: uma resposta completa, impressa no jornalzinho local, poderia servir como divulgação para mulheres como ela, amigas em potencial. As mulheres que ela conhecera nos poucos dias que ali estava, moradoras das casas vizinhas, eram bem agradáveis e solidárias, mas pareciam totalmente envolvidas em suas obrigações como donas de casa. Talvez, quando as conhecesse melhor, descobriria que tinham mentes mais abertas e outros interesses; mesmo assim, achou oportuno falar sobre si. Então respondeu: "Sim, vários hobbies. Jogo tênis sempre que tenho oportunidade e sou fotógrafa semiprofissional...".

"Ah, é?", murmurou a senhora do Comitê de Boas-Vindas, enquanto escrevia.

Joanna sorriu. "Isso quer dizer que tenho uma agência que cuida de três fotos minhas", prosseguiu, "e me interesso por política e pelo Movimento Feminista. Estou bem envolvida nisso, e meu marido também."

"*Ele* está?" A senhora do Comitê de Boas-Vindas olhou para ela.

"Está, sim", confirmou Joanna. "Muitos homens têm esse interesse." Ela não começou uma explanação acerca dos benefícios para ambos os sexos; em vez disso, virou a cabeça para trás, em direção ao hall e escutou: da sala de estar, a plateia de um programa de TV dava risada; Pete e Kim discutiam, mas sem que ela tivesse que intervir e brigar com eles. Por fim, sorriu para a senhora do Comitê de Boas-Vindas. "Ele se interessa por barcos e por futebol americano também", acrescentou, "e coleciona documentos norte-americanos antigos." Essa era a metade que cabia a Walter no anúncio.

A senhora do Comitê de Boas-Vindas anotou, fechou a caderneta e fez um clique com a caneta. "Está ótimo, sra. Eberhart", concluiu ela, sorrindo e tirando os óculos. "Tenho certeza que vocês vão adorar este lugar. Quero lhe desejar cordiais e sinceras boas-vindas a Stepford. Se eu puder ajudar com mais alguma informação sobre as lojas e os serviços locais, por favor, sinta-se à vontade para me telefonar; o número está bem ali na frente do bloco de cupons."

"Muito obrigada, telefono, sim", respondeu Joanna, "e obrigada também por todos os produtos."

"Aproveite bem, são produtos excelentes!", acrescentou a senhora do Comitê de Boas-Vindas, enquanto se afastava. "Até loguinho!"

Joanna acenou em despedida para a senhora e ficou observando-a descer pela calçada curva, em direção ao seu Volkswagen vermelho todo batido. De repente, cachorros surgiram nas janelas do carro, uma balbúrdia de spaniels pretos e marrons, pulando e latindo, as patas contra os vidros. Uma brancura movediça, mais além do Volkswagen, chamou a atenção de Joanna; do outro lado da rua ladeada por arvorezinhas, numa das janelas superiores da casa dos Claybrook, a mancha branca se moveu novamente, deixando uma das vidraças e passando para a outra; a janela estava sendo lavada. Joanna sorriu, caso Donna Claybrook estivesse olhando para ela. A brancura movediça passou para uma vidraça inferior e, então, para a do lado.

Com um surpreendente rugido, o Volkswagen deu um tranco para a frente ao se afastar do meio-fio, e Joanna recuou para a entrada da casa, fechando a porta com um movimento do quadril.

PETE E KIM DISCUTIAM MAIS ALTO: "BOCÓ! DIARREIA!" E "AH! PARE!".

"Parem já com isso!", gritou Joanna, descarregando a braçada de amostras em cima da mesa da cozinha.

"Ela me chutou!", gritou Pete, e Kim retrucou "Não chutei, não! Seu diarreia!"

"Já *basta*!", exclamou Joanna, indo até a portinhola de vidro e olhando através dela. Pete se encontrava deitado no chão, perto demais do aparelho de TV, e Kim, de pé ao lado do irmão, com o rosto vermelho, se controlava para não chutá-lo. Os dois ainda estavam de pijama. "Ela me chutou duas vezes", reclamou Pete. "Você mudou de canal! Ele mudou de canal!", berrou Kim. "Não mudei!" "*Eu estava vendo* O Gato Félix*!*"

"Chega!", ordenou Joanna. "Fiquem quietos, os dois! Nem mais um pio — silêncio absoluto!"

As crianças olharam para ela, Kim com os grandes olhos azuis de Walter, e Pete com os olhos escuros e profundos, iguais aos de Joanna. "Aposte corrida com eles para um final faiscante!", gritava a TV. "Sem eletricidade!"

"Primeiro: vocês estão muito perto da tela", disse Joanna. "Segundo: desliguem a TV! E terceiro: vão trocar de roupa, os dois. Aquela coisa verde lá fora é grama, e a coisa amarela lá em cima é o sol." Pete se levantou rápido e, com um tapinha no botão, desligou o aparelho. Kim começou a chorar.

Joanna deu um suspiro e foi até a sala de estar.

Agachando-se, abraçou Kim pelo ombro, fez um carinho nas costas da filha e beijou seus cachos macios e sedosos. "Ah, agora vamos lá", incentivou ela. "Você não quer ir brincar de novo com a Allison? Ela é tão boazinha! Quem sabe vocês não encontram outro esquilo?"

Pete se aproximou e mexeu nos cabelos da mãe. Ela olhou para ele e falou: "Não mude o canal quando *ela estiver vendo*".

"Ah, tudo bem", ele respondeu, enrolando um dedo no cacho de cabelo escuro.

"E *nada de* chutes!", disse à Kim, afagando-a nas costas e tentando lhe beijar o rosto.

ERA A VEZ DE WALTER LAVAR OS PRATOS, E PETE E KIM BRINCAVAM

sossegados no quarto do garoto, então, ela tomou uma rápida ducha fria, vestiu um short, uma blusa, calçou tênis e escovou os cabelos. Deu uma espiada em Pete e Kim, enquanto fazia um rabo de cavalo: estavam sentados no chão, brincando com a estação espacial de Pete.

Afastou-se, em silêncio, e desceu a escada recém-acarpetada. A noite estava agradável. Toda a mudança já havia sido desempacotada, finalmente, e ela se sentia revigorada, com alguns minutos livres — uns dez ou quinze, se tivesse sorte — para talvez se sentar com Walter lá fora e admirar suas árvores e seus quase 9 mil metros quadrados de terreno.

Deu uma volta e desceu em direção ao hall de entrada. A cozinha estava um brinco; e a lava-louças, a todo vapor. Walter, perto da pia, se debruçava na janela e olhava lá para fora, na direção da casa dos Van Sant. Sua camisa apresentava uma mancha de suor que parecia aqueles desenhos do teste de Rorschach: um coelho com as orelhas dobradas para fora. Ele se virou, num sobressalto, e sorriu. "Há quanto tempo você estava aí?", perguntou, enxugando a mão no pano de prato.

"Acabei de chegar", anunciou ela.

"Você parece ter renascido."

"É assim que estou me sentindo. Eles estão brincando como anjinhos. Que tal dar uma volta lá fora?"

"Certo", assentiu ele, dobrando a toalha. "Mas só por alguns minutos. Vou dar uma saída para conversar com o Ted." Guardou a toalha no toalheiro. "Era isso que eu estava olhando. Eles acabaram de jantar agora mesmo."

"Sobre o que vocês vão conversar?"

Eles saíram em direção ao pátio.

"Eu ia te contar", explicou ele, enquanto andavam. "Mudei de ideia; vou entrar para aquela Associação Masculina."

Ela parou e o encarou.

"Há muitas coisas importantes centralizadas lá para que eu simplesmente deixe de participar", continuou ele. "A política local, as campanhas beneficentes, essas coisas todas…"

"Como é que você pode se juntar a um grupo tão *antiquado*, tão *careta*?", questionou ela.

"Conversei com alguns dos integrantes no trem", revelou ele. "O Ted, o Vic Stavros e mais alguns outros a quem me apresentaram. Eles *concordam* que essa coisa de 'mulher não entra' é ultrapassada." Ele tomou o braço de Joanna, e eles continuaram a caminhar. "Mas o único jeito de mudar alguma coisa é começando de dentro. Então, quero ajudar a fazer isso. Sábado à noite vou me tornar sócio. O Ted vai me explicar quem está em cada comitê." Ele ofereceu um cigarro para Joanna. "Nesta noite, você é fumante ou não fumante?"

"Ah, *fumante!*", respondeu ela, aceitando um cigarro.

Encontravam-se na parte mais distante do pátio, sob um agradável crepúsculo azul, ao som dos grilos, e Walter estendeu o isqueiro para o cigarro de Joanna e depois para o seu.

"Olhe só este céu", comentou ele. "Vale cada centavo que nos custou."

Ela olhou para cima — o céu tinha tons de violeta mesclados a tons de azul-escuro; adorável — então, olhou para o próprio cigarro. "As organizações podem ser transformadas mesmo que a gente esteja fora delas", argumentou ela. "É possível fazer abaixo-assinados, protestos..."

"Mas é mais fácil quando estamos dentro", discordou Walter. "Você vai ver: se esses caras com quem falei forem exemplos clássicos, muito em breve essa vai ser uma Associação de Todo Mundo. Pôquer misto, sexo na mesa de bilhar."

"Se esses caras com quem você falou fossem exemplos clássicos, já seria uma Associação de Todo Mundo. Ah, tudo bem, vá em frente e se associe; vou pensar em slogans para os cartazes. Quando as aulas começarem, vou ter bastante tempo."

Ele envolveu os ombros dela num abraço e disse: "Espere um pouquinho. Se não admitirem mulheres dentro de seis meses, eu me desligo, e nós vamos marchar juntos. Ombro a ombro, dizendo 'Sexo, sim; sexismo, não'".

"Stepford está descompassada", afirmou ela, tentando alcançar o cinzeiro sobre a mesa de piquenique.

"Nada mau."

"Espere até eu realmente começar."

Terminaram de fumar e permaneceram ali de braços dados, olhando para o amplo gramado escuro e para as altas árvores pretas contra o céu violeta que finalizava a paisagem. Luzes brilhavam por entre os troncos das árvores: janelas das casas da rua próxima, a travessa Harvest.

"Robert Ardrey tem razão", declarou Joanna. "Eu sou muito territorialista."

Walter olhou em direção à casa dos Van Sant e, a seguir, para seu relógio. "Vou entrar e tomar um banho", disse, beijando-a no rosto.

Ela se virou, segurou o queixo de Walter e lhe deu um beijo na boca. "Vou ficar aqui fora mais uns minutos", respondeu. "Dê um grito se eles começarem a aprontar."

"Está bem", assentiu ele, indo em direção à porta da sala de estar.

Ela cruzou os braços e esfregou-os; a noite estava esfriando. Fechando os olhos, deitou a cabeça para trás e sentiu o cheiro da grama, das árvores, o ar puro: delicioso. Ao abrir os olhos, viu uma única estrela brilhando no céu azul-escuro, a um trilhão de quilômetros de distância. "Estrela que cintila, estrela que rutila", sussurrou. Não recitou o resto da frase, mas completou-a mentalmente.

Fez um pedido: que fossem felizes em Stepford. Que Pete e Kim se dessem bem na escola e que ela e Walter encontrassem bons amigos e se sentissem realizados. Que ele não se aborrecesse com o trajeto até o trabalho — de qualquer modo, a ideia da mudança tinha sido dele. Que a vida dos quatro fosse enriquecedora e que não se esvaziasse, como ela temera ao deixarem a cidade — a cidade sórdida, lotada de gente, dominada pelo crime, mas tão viva.

Sons e movimentos fizeram com que ela se voltasse em direção à casa dos Van Sant.

Carol van Sant, uma silhueta escura que contrastava com a luminosidade da porta de sua cozinha, estava colocando a tampa sobre a lata de lixo. Ela se curvou até o chão, a cabeleira ruiva brilhando, e apanhou alguma coisa grande e arredondada, uma pedra. Colocou-a em cima da tampa.

"Olá!", Joanna cumprimentou a vizinha.

Carol endireitou-se e ficou olhando para ela; alta, longas pernas que pareciam à mostra — mas emolduradas pelo roxo do vestido iluminado por trás. "Quem está aí?", perguntou.

"Joanna Eberhart. Assustei você? Desculpe se te assustei!" Caminhou em direção à cerca que separava as duas casas.

"Oi, Joanna", cumprimentou Carol, com um sotaque anasalado da Nova Inglaterra. "Não, você não me assustou. A noite está muito agradável, não é?"

"Está mesmo", concordou Joanna. "E acabei de desempacotar a mudança, o que torna a noite mais agradável ainda." Ela era obrigada a falar alto; Carol permanecia na porta, muito distante para uma conversa natural, apesar de ela mesma já estar no canteiro de flores perto da cerca. "Kim se divertiu muito com a Allison hoje de tarde", continuou. "As duas se dão muito bem."

"A Kim é um docinho de menina", elogiou Carol. "Estou muito feliz pela Allison ter uma nova amiga tão boazinha, bem na vizinhança. Boa noite, Joanna." Ela se virou para entrar em casa.

"Ei, espere um minutinho!", exclamou Joanna.

Carol voltou-se. "Pois não?"

Joanna desejou que nem o canteiro nem a cerca estivessem ali, para que pudesse se aproximar um pouco mais. Ou então, com os diabos, que Carol viesse mais perto do *seu* lado da cerca. O que poderia ser tão importante naquela cozinha iluminada por uma lâmpada fluorescente, com panelas de cobre penduradas? "O Walter vai dar um pulo aí para conversar com o Ted hoje", disse ela, falando alto para a silhueta de Carol, que a fazia parecer nua. "Depois que você tiver colocado as crianças para dormir, por que não vem até aqui, tomar uma xícara de café comigo?"

"Obrigada, eu adoraria", agradeceu Carol, "mas tenho que encerar o chão da sala de visitas."

"*Agora à noite?*"

"À noite é quando tenho tempo para fazer isso, até as aulas voltarem."

"Bem, mas isso não pode esperar? Faltam só três dias..."

Carol balançou a cabeça em negativa e disse: "Não, eu venho adiando isso já há muito tempo. Está cheio de riscos e arranhões, e, além do mais, o Ted vai à Associação Masculina mais tarde".

"Ele vai todas as noites?"

"Quase todas."

"Deus do céu! E você fica em casa fazendo esses serviços domésticos?"

"Tem sempre uma coisinha ou outra para fazer", revelou Carol. "Você sabe como são essas coisas. Agora, tenho que terminar de arrumar a cozinha. Boa noite."

"Boa noite", respondeu Joanna, vendo Carol — seu perfil, com um busto grande demais — entrar na cozinha e fechar a porta. Ela reapareceu quase que instantaneamente na janela acima da pia, ajustando a torneira, apanhando alguma coisa e esfregando-a. Seu cabelo ruivo estava arrumado e era sedoso; o rosto, de nariz afilado, parecia pensativo (e, maldito seja, *inteligente*); os grandes seios balançavam enquanto ela esfregava alguma coisa.

Joanna retornou ao pátio. Não, ela *não* sabia como eram aquelas coisas, graças a Deus. Ser como a vizinha, uma *do lar* compulsiva, jamais! Quem poderia criticar Ted por tirar proveito de uma trouxa daquelas que pedia para ser explorada?

Ela poderia criticá-lo; ela, sim.

Walter saiu de casa, vestindo uma jaqueta leve. "Acho que não vou demorar mais de uma hora, mais ou menos", disse.

"Essa Carol van Sant é quase inimaginável", ela afirmou. "Não pode vir tomar um café comigo porque tem que *encerar o chão da sala de visitas*. O Ted vai para a Associação Masculina todas as noites, e *ela* fica em casa, fazendo os *trabalhos domésticos*."

"Jesus!", exclamou Walter, balançando a cabeça.

"Perto *dela*", Joanna prosseguiu, "minha mãe é a Kate Millett!"

Ele riu e se despediu: "Até daqui a pouco". Beijou-lhe o rosto e atravessou o pátio.

Ela olhou uma vez mais para sua estrela, agora mais brilhante, e disse para si mesma: "*Comece o seu trabalho, você aí*", e entrou em casa.

NO SÁBADO PELA MANHÃ, OS QUATRO SAÍRAM JUNTOS, DEPOIS de terem ajustado os cintos de segurança na perua nova e impecável; Joanna e Walter usavam óculos escuros, conversavam sobre lojas e compras, enquanto Pete e Kim faziam subir e descer o vidro das janelas, até que Walter mandou que parassem. O dia estava límpido e muito luminoso, um sinal do outono. Dirigiram-se para o centro de Stepford (lojas com fachadas coloniais brancas, perfeitas como cartão-postal) para usar cupons de desconto em ferragens e artigos de farmácia; em seguida, foram na direção sul, na Rodovia 9, até um shopping novo e enorme — cupons de desconto em sapatos para Pete e Kim (que demora!) e nenhum desconto em equipamento de ginástica; depois, para leste, na rua Eastbridge, até o McDonald's (Big Macs e milk-shakes de chocolate); e um pouco mais para leste, para procurar antiguidades (uma mesa de canto octogonal, nenhum documento antigo); finalmente para o norte, sul, leste e oeste, por toda a Stepford — rua Anvil, rua Cold Creek, Hunnicutt, Beavertail, Burgess Ridge — para mostrar a Pete e a Kim (Joanna e Walter já haviam visto tudo quando tinham ido lá para procurar uma casa) sua nova escola, e as escolas que eles iam frequentar no futuro, um sistema de incineração não poluidor (que ninguém, do lado de fora, conseguiria adivinhar o que era), e as áreas para piquenique, onde uma piscina pública estava sendo construída. Joanna cantou "Good

Morning, Starshine" a pedido de Pete, e todos cantaram a "MacNamara's Band", cada um imitando um instrumento diferente na parte final. Kim vomitou, mas tinha avisado antes: tempo suficiente para que Walter parasse, soltasse o cinto de segurança e a tirasse do carro, graças a Deus.

Aquilo fez com que os ânimos diminuíssem. Voltaram pelo centro de Stepford — bem devagar, pois Pete disse que talvez *ele* também fosse vomitar. Walter mostrou o prédio da biblioteca, com fachada branca, e a fachada da sede de campo da Sociedade Histórica, com seus duzentos anos.

Kim, olhando para cima, pela janela do carro, cuspiu o finzinho de uma bala e perguntou: "O que é aquela casa enorme ali?".

"É a sede da Associação Masculina", explicou Walter.

Pete se esticou até o limite permitido por seu cinto de segurança e se abaixou para ver. "É lá que você vai hoje à noite?", perguntou.

"Isso mesmo", respondeu Walter.

"Como é que se chega lá?"

"Tem um caminho, mais adiante, na colina."

Encontravam-se atrás de um caminhão em cuja carroceria ia um homem de calça cáqui, de pé, com os braços estendidos para o lado. Tinha cabelos castanhos, um rosto magro e comprido e usava óculos. "Aquele é o Gary Claybrook, não é?", perguntou Joanna.

Walter deu uma buzinada rápida e acenou com o braço para fora da janela. Seu vizinho da casa da frente abaixou-se para olhá-los, deu um sorriso, acenou e se segurou no caminhão. Joanna sorriu e acenou. Kim gritou: "Olá, sr. Claybrook!". E Pete gritou: "Cadê o Jeremy?".

"Ele não consegue ouvir vocês", disse Joanna.

"Eu queria poder dirigir um caminhão desse jeito!", comentou Pete, e Kim acrescentou: "Eu também!".

O caminhão ia devagar e chacoalhando, lutando contra a curva íngreme à esquerda. Gary Claybrook sorria timidamente para eles. O caminhão estava carregado até a metade com pequenas caixas de papelão.

"O que ele está fazendo? Hora extra?", perguntou Joanna.

"Não, se é que ele trabalha tanto quanto o Ted me contou", respondeu Walter.

"Quê?"

"O que é 'hora extra'?", perguntou Pete.

As luzes de freio do caminhão se acenderam; ele parou, com a seta da esquerda piscando.

Joanna explicou o que era "hora extra".

Um carro desceu disparado a colina, e o caminhão passou a trafegar pela pista da esquerda. "O caminho é este?", perguntou Pete. Walter assentiu: "É, é este mesmo". Kim abaixou mais o vidro, gritando: "Olá, sr. Claybrook!", e, então, o motorista acenou quando eles o ultrapassaram.

Pete soltou o cinto de segurança e ajoelhou no banco do carro. "Posso ir lá qualquer dia desses?", perguntou, olhando para trás.

"Humm, sinto muito", afirmou Walter, "crianças não podem entrar."

"Poxa, que cerca enorme eles têm!", comentou Pete. "Igual à do seriado *Guerra, Sombra e Água Fresca*!"

"É para manter as mulheres de fora", disparou Joanna, olhando para a frente, com a mão na armação dos óculos escuros.

Walter sorriu.

"Verdade?", perguntou Pete. "É pra isso mesmo que serve a cerca?"

"O Pete tirou o cinto", caguetou Kim.

"Pete!", repreendeu Joanna.

Dirigiram-se à rua Norwood; então, viraram a oeste, na avenida Winter Hill.

POR UMA QUESTÃO DE PRINCÍPIOS, ELA NÃO IA FAZER MAIS NENHUM

trabalho doméstico. Não que não houvesse uma porção de coisas a serem feitas, Deus sabia, e algumas delas ela realmente *queria* fazer, como arrumar a estante de livros da sala de estar — mas não naquela noite, não, senhor. Isso poderia muito bem esperar. Ela não era Carol van Sant e muito menos Mary Ann Stavros — que ela, de relance, vira empurrando um aspirador de pó, quando tinha ido baixar uma persiana no quarto de Pete.

Não, senhor. Walter entrara para a Associação Masculina, tudo bem; ele *precisava* ir lá participar e teria que ir uma ou duas vezes por semana, a fim de modificá-la. Mas ela não faria nenhum serviço de casa enquanto ele estivesse lá (pelo menos, não dessa primeira vez), nada além daqueles que *ele* faria quando *ela* estivesse fora, em algum lugar — o que aconteceria na primeira noite de luar: ela iria até o centro da cidade tirar algumas fotos daquelas fachadas coloniais, com tempos variados de exposição. (As molduras irregulares das janelas da loja de ferragens refletiriam as oscilações da lua, talvez de um jeito interessante.)

Então, assim que Pete e Kim pegaram no sono, ela desceu até o porão, tirou algumas medidas e fez alguns cálculos na despensa, que viria a ser seu quarto escuro para a revelação das fotos; depois retornou lá para cima, deu uma olhada em Pete e Kim, preparou uma vodca com tônica e a bebeu no escritório. Ligou o rádio, que tocava uma canção muito sentimental, mas agradável (feito aquelas do Richard Rodgers), afastou cuidadosamente os contratos e as coisas de Walter do centro da escrivaninha e, de uma gaveta, retirou sua lente de aumento, o lápis vermelho e as provas de suas fotos, batidas às pressas antes de terem partido da cidade. A maioria era só desperdício de filme, como ela suspeitara enquanto as tirava — nunca fazia nada bem-feito quando tinha pressa —, mas encontrou uma que realmente a animou: um instantâneo de um jovem negro bem-vestido, com uma maleta 007, lançando um olhar malicioso para um táxi vazio que acabara de passar por ele. Se sua expressão fosse corretamente ampliada e ela escurecesse o fundo a fim de destacar o táxi desfocado, poderia resultar em uma foto surpreendente — tinha certeza de que a agência desejaria colocar aquela foto no portfólio. Havia um vasto mercado para fotografias que dramatizassem os problemas raciais.

Com a caneta vermelha, fez um asterisco ao lado da prova e continuou a procurar outras fotos que fossem boas, ou que fossem, pelo menos, razoáveis, mas que pudessem ser melhoradas. Lembrou-se da vodca com tônica e tomou um gole.

Às 23h15, sentiu-se cansada, guardou as coisas do seu lado da escrivaninha, recolocou os papéis de Walter no lugar onde estavam antes, desligou o rádio, levou o copo para a cozinha e o lavou. Verificou as portas, desligou as luzes — à exceção da do hall de entrada — e foi para o andar de cima.

O elefante de Kim estava no chão. Joanna o apanhou e o enfiou debaixo do cobertor, ao lado do travesseiro; então, puxou o cobertor até os ombros de Kim e, delicadamente, acariciou os cachos da filha.

Pete estava deitado de costas e com a boca aberta, exatamente na mesma posição de antes, quando ela o olhara. Esperou até que o peito do filho se movesse e, então, abrindo a porta um pouco mais, desligou a luz do corredor e foi para o quarto do casal.

Ela se despiu, trançou os cabelos, tomou uma ducha, passou um creme facial, escovou os dentes e foi para a cama.

Meia-noite e vinte. Desligou a luz do abajur.

Deitada de costas, esticou a perna e o braço direitos. Sentia falta de Walter a seu lado, mas a grande extensão de lençol macio e suave era agradável. Quantas vezes havia ido sozinha para a cama desde que se casara? Não muitas: as noites em que ele estivera fora da cidade cuidando dos negócios da Marburg-Donlevy; as vezes que ela passara no hospital com Pete e Kim; a noite da falta de energia elétrica; a ocasião em que ela fora para sua cidade natal no enterro do tio Bert — talvez umas vinte ou 25 vezes ao todo, nos dez anos e pouco. Não era uma sensação ruim. Por Deus, aquilo a fizera se sentir novamente Joanna Ingalls. Lembrava-se dela?

Tentava imaginar se Walter estaria enchendo a cara. Aquilo que havia no caminhão em que Gary Claybrook estava eram garrafas (ou as caixas seriam pequenas demais para conter bebidas alcoólicas?). Mas Walter tinha ido no carro de Vic Stavros, então, ele que enchesse a cara. Não que isso fosse muito provável; ele não era dado a porres. E se Vic Stavros tomasse um porre? As curvas fechadas da estrada Norwood...

Ah, que bobagem. Por que se preocupar?

A CAMA CHACOALHAVA. DEITADA NO ESCURO, ELA OLHOU PARA A escuríssima escuridão da porta aberta do banheiro, para a cintilação das maçanetas do armário, e a cama continuava fazendo com que ela chacoalhasse num ritmo lento e contínuo, cada movimento seguido de um fraco ranger de molas, de novo, de novo, de novo. Era Walter que se mexia! Ele estava com febre! Ou seria *delirium tremens*? Ela se virou, apoiou-se em um braço e olhou para ele, tentando alcançar sua testa. O branco de seus olhos a mirou e desviou imediatamente; ele se virou por completo para o outro lado, e a barraca formada pelo cobertor, na altura da virilha dele, desapareceu, sendo substituída pela forma de seu quadril. A cama sossegou.

Será que ele estava... se masturbando?

Ela não sabia o que dizer.

Sentou-se.

"Achei que você estivesse com *delirium tremens*", afirmou ela. "Ou com febre."

Ele permanecia imóvel. "Não quis acordar você", respondeu. "Já passa das duas."

Ela ficou ali sentada, segurando a respiração.

Ele continuava a seu lado, sem dizer nada.

Joanna olhou para o quarto, para as janelas e móveis imersos na penumbra causada pela luz noturna acesa no banheiro de Pete e Kim. Ajeitou a trança e passou a mão na barriga.

"Você podia", disse ela, "ter me acordado. Não teria problema."

Ele não disse nada.

"Puxa vida, você não precisa fazer *isso*", insistiu ela.

"Eu simplesmente não quis acordar você", insistiu Walter. "Você estava num sono muito profundo!"

"Bem, da próxima vez, me acorde."

Ele se virou de costas. Nenhuma barraca.

"E você...?", perguntou ela.

"*Não*", respondeu ele.

"Ah, bem", ela disse, sorrindo para ele, "agora eu estou acordada." Deitou-se ao seu lado, aproximou-se e pôs o braço em volta dele; Walter se virou; eles se abraçaram e se beijaram. Ele tinha gosto de uísque. "Olha, ter consideração é legal", sussurrou ela no ouvido dele, "mas pelo amor de Jesus!"

Acabou sendo uma das melhores vezes para eles — para ela, pelo menos. "Nossa", exclamou ela, voltando do banheiro, "ainda estou fraca!"

Sentado na cama e fumando, ele sorriu.

Eles se deitaram, ela se aninhou confortavelmente nos braços dele e colocou a mão dele sobre o seio. "O que eles fizeram lá? Passaram filmes de sacanagem ou algo parecido?", perguntou ela.

Walter sorriu. "Não dei tanta sorte assim", retrucou ele. Colocou o cigarro nos lábios dela, e ela deu uma tragada. "Arrancaram quase nove dólares de mim no pôquer e me encheram os ouvidos com as más intenções do Comitê de Zoneamento, que quer refazer a estrada Eastbridge."

"Fiquei com medo que você estivesse enchendo a cara."

"Eu? Dois uísques. Eles não são beberrões. E *você*? O que fez?"

Ela contou e também falou de suas esperanças em relação à fotografia do homem negro. Ele lhe descreveu alguns dos homens que conhecera naquela noite: o pediatra que os Van Sant e os Claybrook haviam recomendado; o ilustrador que era a maior celebridade de Stepford, dois advogados, um psiquiatra, o chefe de polícia e o gerente do Supermercado Central.

"O psiquiatra deveria ser a favor da participação de mulheres no clube", comentou ela.

"Ele é", confirmou Walter. "E o dr. Verry também. Não averiguei o assunto com nenhum dos outros: não queria parecer um ativista exagerado logo na minha primeira vez lá."

"Quando é que você vai de novo?", ela perguntou — e, subitamente, teve medo (por quê?) que ele respondesse "amanhã".

"Sei lá. Escute, eu não vou fazer daquilo a minha vida, como o Ted e o Vic fazem. Vou daqui a uma semana, mais ou menos, acho; não sei. Na verdade, lá é tudo meio provinciano."

Ela sorriu e se aproximou ainda mais dele.

JÁ DESCERA CERCA DE UM TERÇO DA ESCADA, SENTINDO COM cuidado cada um dos passos, carregando o maldito cesto de roupas na altura do rosto por conta do maldito corrimão quando, imagine a cena, o ultramaldito telefone tocou.

Joanna não podia pôr o cesto no chão, pois ele cairia, e não havia espaço suficiente para se virar e voltar lá para cima; assim, continuou descendo bem devagar, medindo cada passo e dizendo mentalmente "Tá, já vou" para a insistente campainha do telefone que queria ser atendido com urgência.

Conseguiu chegar ao andar inferior, colocou o cesto no chão e foi tropeçando até a escrivaninha do escritório.

"Alô", atendeu, expressando o que estava sentindo no momento, sem acrescentar nenhum tom de amabilidade.

"Alô, é Joanna Eberhart quem está falando?" A voz era intensa, alegre e rouca; parecida com a de Peggy Clavenger. Mas Peggy Clavenger estava na *Paris Match* desde a última vez que ouvira falar dela e nem mesmo saberia que ela havia se casado, muito menos onde estava morando.

"É, sim. Quem está falando?"

"Ainda não fomos apresentadas formalmente", afirmou a voz, que não era de Peggy Clavenger, "mas foi por isso que eu liguei. Bobbie, eu gostaria de apresentá-la a Joanna Eberhart. Joanna, eu gostaria de apresentá-la a Bobbie Markowe — K, O, W, E. A Bobbie já mora aqui neste povoado de Ajax há cinco semanas e gostaria muito de conhecer a 'animada fotógrafa com um acentuado interesse em política e no Movimento de Liberação da Mulher'. Esta é você, Joanna, segundo informa o *Crônica de Stepford*, ou o *Doença Crônica*, dependendo de seu conceito de jornalismo. Será que foram precisos na descrição que fizeram de você? É verdade que você não está profundamente interessada em saber se as esponjas de aço rosa são melhores do que as azuis, ou vice-versa? Com total liberdade de escolha, você *não* prefere apertar o lustra-móveis duma vez? Alô! Você ainda está aí, Joanna? Alô!"

"Alô", respondeu Joanna. "Sim, estou aqui. E *como*! Alô! Puxa, valeu muito a pena fazer esse anúncio!"

"QUE MARAVILHA VER UMA COZINHA BAGUNÇADA!", EXCLAMOU Bobbie. "Não dá para comparar com a minha — você não tem aquelas marquinhas de mãos com pasta de amendoim nos armários — mas está bem, está ótimo. Parabéns!"

"Eu posso te mostrar um banheiro bem encardido, se você quiser", rebateu Joanna.

"Obrigada. Vou ficar só com o café."

"Tudo bem se for solúvel?"

"E existe de outro tipo?"

Ela era baixa, tinha um traseiro avantajado, estava usando uma blusa de moletom azul com uma estampa do Snoopy, calças jeans e sandálias. Sua boca era grande, os dentes tinham uma brancura incomum, os enormes olhos azuis devoravam tudo, e os cabelos curtos eram escuros e despontados. Mãos pequenas e dedos dos pés sujos. Tinha um marido chamado Dave, analista de investimentos, e três filhos, de 10, 8 e 6 anos. E dois cães, um sheepdog e um corgi. Parecia um pouco mais jovem que Joanna, com uns 32 ou 33 anos. Tomou duas xícaras de café, comeu um bolinho pronto e contou a Joanna sobre as mulheres da travessa Fox Hollow.

"Estou começando a achar que existe um... concurso nacional do qual nunca ouvi falar", disse ela, lambendo as pontas dos dedos sujas de chocolate. "Um milhão de dólares e... Paul Newman para a casa mais limpa até o próximo Natal. Quer dizer, é só esfrega, esfrega, *esfrega*; encera, encera, *encera*..."

"É a mesma coisa por aqui", confirmou Joanna. "Inclusive à noite! E todos os homens..."

"Na Associação Masculina!", gritou Bobbie.

Conversaram sobre o assunto — a ultrapassada injustiça sexista daquilo, a verdadeira *injustiça*, numa cidade sem nenhuma associação feminina, nem sequer uma Liga de Eleitoras. "Acredite em mim, eu passei um pente-fino nesse lugar", afirmou Bobbie. "Existe o Clube de Jardinagem e alguns grupos de velhotas carolas — dos quais, de todo modo, eu não poderia fazer parte, já que o sobrenome 'Markowe' é uma versão mais socialmente aceita de 'Markowitz' — e tem a Sociedade Histórica, muito não sexista. Dê um pulo lá para dar um 'oi' a eles. Cadáveres em posições realistas de gente viva."

Dave pertencia à Associação Masculina e, como Walter, acreditava que o grupo poderia ser transformado de dentro para fora. Mas Bobbie duvidava disso: "Você vai ver, teremos que nos acorrentar à cerca da Associação antes que algo aconteça. E *o que* dizer daquela cerca, aliás? Dá pra gente imaginar que eles estão refinando ópio lá dentro!".

Conversaram sobre a ideia de organizar uma reunião com algumas das vizinhas, um bate-papo para fazê-las acordar e ver que existiam papéis mais ativos que poderiam desempenhar na vida da cidade; mas concordaram que parecia pouco provável que as mulheres que haviam conhecido recebessem bem até mesmo um passinho daqueles rumo à sua independência. Conversaram sobre a Organização Nacional de Mulheres, da qual ambas faziam parte, e sobre as fotografias de Joanna.

"Meu Deus, são *incríveis*!", elogiou Bobbie, olhando para as quatro ampliações emolduradas que Joanna tinha pendurado no escritório. "São *fantásticas*!"

Joanna agradeceu.

"Fotos amadoras! Achei que você usasse a Polaroid das crianças! Estas estão *maravilhosas*!"

"Agora que a Kim está na escolinha, vou realmente começar a trabalhar", comentou Joanna.

Ela acompanhou Bobbie até o carro.

"*Não*, que droga", exclamou Bobbie. "Temos que *tentar*, pelo menos. Vamos falar com essas *hausfraus*; deve haver *algumas* que se ressintam, um pouco que seja, da situação. O que você acha? Não seria legal se conseguíssemos formar um grupo — talvez, até uma sede da Organização Nacional de Mulheres, algum dia — e dar uma boa reorganizada na Associação Masculina? O Dave e o Walter estão se iludindo; aquilo lá não vai mudar, a menos que a Associação seja *forçada* a isso; organizações de gente cheia de privilégios nunca mudam. O que você acha, Joanna? Vamos dar uma perguntada por aí."

Joanna assentiu. "Bem que a gente deveria", disse ela. "Não é possível que todas elas estejam tão felizes quanto parecem."

CONVERSOU COM CAROL VAN SANT. "NOSSA, NÃO, JOANNA",

retrucou Carol. "Isso não parece o tipo de coisa pela qual eu pudesse me interessar. Mas muito obrigada pelo convite." Ela estava limpando a divisória de plástico no quarto de Stacy e Allison, esfregando uma das dobras sanfonadas, com firmes movimentos descendentes de uma grande esponja amarela.

"Seria apenas por umas horinhas", comentou Joanna. "Durante a noite ou, então, se fosse melhor para todas, no horário em que as crianças estão na escola."

"Sinto muito, mas eu simplesmente não tenho muito tempo para esse tipo de coisa", respondeu Carol, agachando-se para esfregar a parte inferior da divisória.

Joanna a encarou por um momento. "Não te incomoda", argumentou ela, "o fato de que a principal associação aqui em Stepford, a única associação em termos de projetos comunitários, é proibida às mulheres? Isso não te parece um pouco arcaico?"

"Ar-cai-co?", perguntou Carol, mergulhando a esponja num balde de água com espuma.

Joanna olhou para ela. "Ultrapassado, antiquado", explicou.

Carol levantou a esponja e espremeu para tirar o excesso de água. "Não, não me parece arcaico." Ela se levantou para alcançar as dobras seguintes. "O Ted está mais preparado do que eu para esse tipo de coisa", acrescentou e começou a esfregar as dobras com movimentos firmes e ritmados. "E os homens precisam de um lugar onde possam relaxar e tomar um drinque ou dois", ela completou.

"E as mulheres não?"

"Não, não tanto." Carol balançou a cabeça de impecável cabeleira ruiva (digna de um comercial de xampu), sem interromper a limpeza. "Sinto muito, Joanna. Simplesmente não tenho tempo para reuniões."

"Tudo bem", conformou-se Joanna. "Se você mudar de ideia, me avise."

"Você se incomodaria se eu não acompanhasse você até lá embaixo?"

"Não, claro que não."

Conversou com Barbara Chamalian, da casa em frente à dos Van Sant. "Agradeço, mas não sei como eu poderia me organizar para isso", declarou Barbara. Era uma mulher com queixo quadrado, cabelos castanhos, e usava um vestido cor-de-rosa justo que moldava um corpo excepcionalmente bonito. "O Lloyd fica muito tempo na cidade", ela disse, "e, nas noites em que não tem que ficar, ele gosta de ir até a Associação Masculina. Eu detestaria ter que pagar uma babá só para..."

"Poderia ir no horário da escola", argumentou Joanna.

"Não", respondeu Barbara. "Acho melhor você não contar comigo." Ela deu um sorriso largo e sedutor. "Mas fiquei contente por ter conhecido você. Gostaria de entrar e sentar um pouco? Estou passando roupa."

"Não, obrigada", respondeu Joanna. "Quero falar com mais algumas mulheres."

Conversou com Marge McCormick ("Sinceramente, acho que não me interessaria por isso"), com Kit Sundersen ("Receio não ter tempo; sinto muito mesmo, sra. Eberhart") e com Donna Claybrook ("É uma boa ideia, mas tenho andado tão ocupada ultimamente! Mesmo assim, obrigada por me convidar").

Encontrou Mary Ann Stavros num corredor do Supermercado Central. "Não, acho que não teria tempo para algo assim. Há tanta coisa para fazer na casa! Você sabe."

"Mas você sai *de vez em quando,* não sai?", perguntou Joanna.

"Claro que saio", retrucou Mary Ann. "Não estou em casa agora, correto?"

"Eu quis dizer *sair*. Para relaxar."

Mary Ann sorriu e sacudiu a cabeça, balançando os cachos de seus cabelos loiros e lisos. "Não, não com frequência", respondeu. "Não vejo muita necessidade em relaxar. Até a vista." Ela foi embora, empurrando seu carrinho de compras; parou na frente de uma prateleira, pegou uma lata, examinou-a, colocou-a no carrinho e continuou.

Joanna seguiu-a com o olhar e, então, dando uma olhada no carrinho de uma outra mulher que passara lentamente por ela, pensou: *Meu Deus, até os carrinhos elas enchem metodicamente!* Olhou para o seu próprio carrinho: um amontoado de caixas, latas e embalagens. Um sentimento de culpa se apossou dela e quase a levou a organizar as compras; mas *que se dane, não vou arrumar nada!*, pensou e, a seguir, agarrou uma caixa de sabão em pó da prateleira e atirou-a no carrinho. Nem sequer precisava daquela porcaria!

Ela conversou com a mãe de um dos colegas de Kim, na sala de espera do consultório do dr. Verry, com Yvonne Weisgalt, do outro lado da casa dos Stavros, e com Jill Burke, na casa seguinte. Todas elas recusaram o convite: não tinham tempo ou não tinham interesse em se reunir com as outras mulheres para discutirem suas experiências em comum.

Bobbie teve ainda mais azar, considerando que havia abordado quase o dobro de mulheres. "Uma interessada", contou a Joanna. "Uma viúva de 85 anos, que me arrastou porta adentro e me manteve presa debaixo de uma saraivada de saliva por uma hora inteira. No momento em que nós estivermos prontas para invadir a Associação Masculina, Eda Mae Hamilton estará pronta e disposta."

"É melhor mantermos contato com ela", afirmou Joanna.

"Ah, não, ainda não terminamos!"

Passaram uma manhã juntas telefonando para mulheres, seguindo a teoria (de Bobbie) de que as duas, falando com ambiguidades intencionais, poderiam criar a sugestão encorajadora de uma falange de mulheres com espaço para mais uma. Não funcionou.

"Je-*zuis*!", exclamou Bobbie, avançando perigosamente com o carro pela Short Ridge Hill acima. "Alguma coisa muito *suspeita* está acontecendo por aqui! Estamos na Cidade que Parou no Tempo!"

UMA TARDE, JOANNA DEIXOU PETE E KIM SOB OS CUIDADOS DE Melinda Stavros, de 16 anos, e pegou o trem para a cidade, onde se encontrou com Walter e com seus amigos Shep e Sylvia Tackover, num restaurante italiano no bairro dos teatros. Foi bom rever Shep e Sylvia; eles formavam um casal alegre, gentil e animado, que havia sobrevivido a vários golpes duros, inclusive à morte por afogamento de um filho de 4 anos de idade. Também era bom estar de novo na cidade; o colorido e a agitação do movimentado restaurante traziam grande satisfação a Joanna.

Ela e Walter falaram com entusiasmo sobre a beleza e a tranquilidade de Stepford, e sobre as vantagens de morar em casa e não em apartamento. Ela não disse nada a respeito de como as mulheres de Stepford se concentravam no lar nem sobre a ausência de atividades fora de casa. Seria afetação, ela supôs, e também não pretendia se tornar objeto de compaixão, mesmo para Shep e Sylvia. Contou a eles sobre Bobbie e do quanto ela era divertida, e sobre as escolas de Stepford, boas e sem muita gente. Walter não disse nada sobre a Associação Masculina, e tampouco ela. Sylvia, que era da Administração de Habitação e Desenvolvimento da cidade, teria tido um ataque.

Mas, quando caminhavam para o teatro, Sylvia lançou um nítido olhar de questionamento a Joanna: "Uma adaptação difícil?".

"De certo modo, sim."

"Você vai superar", afirmou Sylvia, sorrindo para ela. "Como vai a fotografia? Deve ser incrível para você lá, contemplando tudo com um novo olhar."

"Ainda não fiz droga nenhuma", reclamou ela. "A Bobbie e eu estivemos percorrendo as redondezas, tentando motivar algumas atividades feministas. Para ser bem sincera, aquilo lá é um cafundó do judas."

"Percorrer e motivar não é o seu trabalho", advertiu Sylvia. "Fotografar, sim, ou pelo menos deveria ser."

"Eu sei", reconheceu Joanna. "Um encanador ficou de ir um dia desses e instalar a pia no meu quarto escuro."

"O Walter parece animado."

"Está, sim. Na verdade, é uma vida boa."

A peça, um musical de sucesso na temporada anterior, foi uma decepção. No trem, na volta para casa, depois de terem comentado sobre a peça, Walter colocou os óculos e começou a revisar alguns papéis; Joanna folheou a *Time* e, em seguida, sentou-se na janela e ficou olhando e fumando, assistindo à escuridão e às luzes ocasionais que passavam por ela.

Sylvia tinha razão, seu trabalho era a fotografia. As mulheres de Stepford que fossem para o inferno. Exceto Bobbie, é claro.

Os carros de ambos estavam na estação e, assim, foram obrigados a ir para casa separados. Joanna ia na frente com a perua, e Walter a seguia no Toyota. O centro da cidade parecia um cenário deserto, sob seus três postes de iluminação — sim, ela poderia tirar algumas fotos ali *antes* que o quarto escuro estivesse pronto — e havia faróis e janelas iluminadas lá em cima, na Associação Masculina, e um carro parado, esperando para sair da estrada lateral que vinha de lá.

Melinda Stavros bocejava, mas sorria, e Pete e Kim se encontravam em suas camas, dormindo profundamente.

Na sala de estar, havia copos de leite vazios, pratos na mesinha do abajur, bolas de papel em branco amassado no sofá e no chão, à sua frente, e uma garrafa de refrigerante vazia entre as bolas de papel.

Pelo menos, elas não transmitem essa coisa às filhas, pensou Joanna.

NA TERCEIRA VEZ QUE WALTER FOI À ASSOCIAÇÃO MASCULINA,

telefonou lá pelas nove da noite e disse a Joanna que estava levando para casa o pessoal do Comitê de Novos Projetos, para o qual ele havia sido indicado na reunião anterior. Algumas obras estavam sendo feitas no casarão onde ficava a Associação (ela podia ouvir o barulho das máquinas ao fundo), e eles não conseguiam encontrar um lugar sossegado onde pudessem se sentar e conversar.

"Tudo bem", respondeu ela. "Vou tirar o resto da minha tralha do quarto escuro, e vocês podem ficar à vontade no..."

"Não, escute", interrompeu ele, "fique com a gente lá em cima e participe da conversa. Alguns deles são ultraconservadores a respeito do 'clube só para homens', mas não fará mal nenhum a eles ouvir uma mulher fazer comentários inteligentes. Sei que você é capaz disso."

"Obrigada. Será que eles não vão se incomodar?"

"A casa é nossa."

"Você tem certeza de que não está só procurando uma garçonete?"

Ele riu. "Ai, meu Deus, não tem como enganar você", disse ele. "Tá, você me pegou. Mas uma garçonete inteligente, tudo bem? Você faria isso? Poderia ser muito bom mesmo."

"Está bem", concordou ela, "me dê uns quinze minutos, e eu posso até mesmo ser uma garçonete inteligente e *bonita*; que tal essa ajudinha?"

"Fantástico! Inacreditável!"

ERAM CINCO HOMENS, E UM DELES, DE ROSTO ALEGRE E MEIO

vermelho, com uns 60 anos e bigode pontudo e encerado, era Ike Mazzard, o ilustrador de revistas. Joanna, apertando sua mão calorosamente, disse: "Não tenho muita certeza se gosto de você; você estragou minha adolescência com aquelas suas garotas maravilhosas!". E ele, rindo, respondeu: "Você deve ter sido bem parecida com elas".

"Eu não teria tanta certeza sobre isso", comentou ela.

Os outros quatro estavam todos no final dos 30 ou já na casa dos 40 anos. O homem alto, de cabelos pretos, de uma descontraída arrogância, era Dale Coba, presidente da Associação. Ele sorriu para ela, com os olhos verdes que a menosprezavam, e disse: "Olá, Joanna, muito prazer". *Um dos ultraconservadores a respeito do 'clube só para homens',* pensou ela; *mulheres são feitas para a cama.* A mão dele era macia, sem nenhuma pressão.

Os outros eram Anselm ou Axhelm, Sundersen e Roddenberry. "Conheci sua esposa", ela contou a Sundersen, que era pálido, barrigudo e tinha um aspecto nervoso. "Se é que vocês são os Sundersen do outro lado da rua, quer dizer."

"Você a conheceu? Sim, somos nós. Somos os únicos em Stepford."

"Eu a convidei para uma reunião, mas ela não pôde participar."

"Ela não é muito sociável." Os olhos de Sundersen se dirigiram para outro lugar, não para Joanna.

"Desculpe, não entendi seu primeiro nome", disse ela.

"Herb", respondeu ele, desviando o olhar.

Ela os acompanhou até a sala de estar, foi para a cozinha buscar gelo e soda e os levou para Walter, no balcão do barzinho. "Inteligente? Bonita?", ela perguntou, e ele sorriu em resposta. Ela retornou à cozinha e encheu umas tigelas de batatas fritas e de amendoim.

Não houve nenhuma objeção do círculo de homens quando ela, segurando o copo, perguntou: "Posso?", e se instalou na ponta do sofá, lugar que Walter havia reservado a ela. Ike Mazzard e Anselm ou Axhelm levantaram-se e os outros fizeram menção de se levantar — com exceção de Dale Coba, que continuou sentado comendo amendoins, olhando para ela por sobre a mesinha com os olhos verdes, de menosprezo.

Eles conversavam sobre os projetos Brinquedos de Natal e Preservação da Paisagem. O nome de Roddenberry era Frank, ele tinha um rosto agradável, com nariz achatado e queixo azulado, e gaguejava um pouco; e Coba tinha um apelido — "Diz", que não combinava muito com ele. Estavam discutindo se naquele ano não deveriam colocar decoração de Chanucá, além de um presépio no Centro, agora que havia um número considerável de judeus na cidade. Discutiam ideias para novos projetos.

"Posso dizer uma coisa?", perguntou ela.

"Claro", responderam Frank Roddenberry e Herb Sundersen. Coba estava reclinado em sua cadeira, olhando para o teto (com menosprezo, sem dúvida), com as mãos na nuca e as pernas esticadas.

"Vocês acham que seria possível organizar algumas palestras, à noite, para adultos?", perguntou ela. "Ou debates entre pais e adolescentes? Num dos auditórios da escola?"

"Sobre quais assuntos?", quis saber Frank Roddenberry.

"Sobre qualquer assunto de interesse geral", explicou ela. "A questão das drogas, que interessa a todos, mas que o *Crônica* parece varrer para baixo do tapete; o que é o rock 'n' roll — não sei, *qualquer coisa* que fizesse com que as pessoas saíssem para ouvir e conversar umas com as outras."

"Isso é *interessante*", retrucou Claude Anselm ou Axhelm, curvando-se para a frente, cruzando as pernas e coçando a testa. Ele era magro e louro, tinha olhos brilhantes e não parava quieto.

"E talvez fizesse com que as *mulheres* também saíssem", continuou ela. "Caso vocês não saibam, esta cidade é um desastre para as babás."

Todos riram, e ela se sentiu bem e muito à vontade. Sugeriu outros tópicos possíveis para os debates, Walter acrescentou alguns e Herb Sundersen também. Outras ideias para novos projetos foram trazidas; ela participou das conversas, e os homens (exceto Coba, maldito seja) prestaram atenção nela — Ike Mazzard, Frank, Walter, Claude e até mesmo

Herb olhavam-na de frente — assentiam e concordavam com ela, ou a questionavam, pensativos, e ela se sentiu muito bem mesmo, respondendo às perguntas com astúcia e bom senso. *Ao ataque, Gloria Steinem!*

Ela notou, para sua surpresa e embaraço, que Ike Mazzard fazia esboços dela. Sentado em sua cadeira (ao lado de Dale Coba, que ainda olhava para o teto), ele desenhava com caneta azul num bloco de notas, sobre os joelhos de listras elegantes, olhando para ela e para o seu desenho.

Ike Mazzard! *Me* desenhando!

Os homens haviam se silenciado. Olhavam para suas bebidas, mexiam nos cubos de gelo.

"Ei", exclamou ela, mudando de posição e sorrindo. "Não sou nenhuma garota de Ike Mazzard."

"Todas as garotas são garotas de Ike Mazzard", retrucou o próprio, sorrindo para ela e para seu desenho.

Ela olhou para Walter, que sorriu, sem graça, e deu de ombros.

Joanna olhou para Mazzard novamente e — sem mover a cabeça — para os outros homens. Eles a encararam e sorriram com nervosismo. "Bem, isto *encerra* a conversa", afirmou ela.

"Relaxe, você pode se mexer", rebateu Mazzard, que virou uma página e continuou a desenhar.

"Não acho que outro c-c-ampo de beisebol seja assim tão importante", comentou Frank.

Joanna ouviu Kim chamar "manhê!", mas Walter tocou-lhe o braço e, depositando seu copo na mesinha, levantou-se e pediu licença a Claude para passar por ele.

Os homens voltaram a discutir novos projetos. Ela proferiu umas palavrinhas, movendo a cabeça, mas sempre consciente de que Mazzard a observava e a desenhava. Tente ser Gloria Steinem enquanto Ike Mazzard desenha você! Era um pouco exibicionista da parte dele; ela não era nenhuma beleza extraordinária, nem mesmo estava vestindo seu longo vestido assinado pelo estilista Pucci. E por que os *homens* se mostravam tão tensos? A conversa parecia forçada e cheia de interrupções. Herb Sundersen estava até corando.

De repente, ela se sentiu nua, como se Mazzard a estivesse desenhando em poses obscenas.

Cruzou as pernas; teve vontade de cruzar os braços também, mas não o fez. *Jesus, Joanna, ele é um artista exibicionista, só isso! Você está vestida.*

Walter voltou e inclinou-se para contar a ela: "Foi só um pesadelo", e, endireitando-se, perguntou aos homens: "Alguém quer mais uma dose? Diz? Frank?".

"Vou tomar mais uma", disse Mazzard, olhando para ela, enquanto desenhava.

"O banheiro é por ali?", perguntou Herb, levantando-se.

A conversa continuou, agora mais descontraída e informal.

Novos projetos.

Projetos antigos.

Mazzard enfiou a caneta no blazer, sorrindo.

"Ufa!", suspirou ela e se abanou.

Coba ergueu a cabeça, ainda com as mãos cruzadas na nuca, e, com o queixo encostado no peito, olhou para o bloco no joelho do ilustrador. Mazzard virou as páginas, olhando para Coba, que balançou a cabeça e disse: "Você nunca para de me surpreender".

"Posso dar uma olhada?", perguntou ela.

"Claro!", respondeu Mazzard, levantando-se um pouco, sorrindo e estendendo o bloco aberto para ela.

Walter também olhou, e Frank esticou-se para ver.

Retratos dela; havia páginas e mais páginas deles, pequenos e precisos — e lisonjeiros, como a obra de Mazzard sempre havia sido. Rostos inteiros, meio-corpo, perfis; sorrindo, séria, falando, franzindo a testa.

"São *maravilhosos*", declarou Walter, e Frank acrescentou: "Excelente, Ike!".

Claude e Herb se aproximaram por trás do sofá.

Ela folheou de novo o bloco. "Eles são... incríveis", elogiou. "Gostaria de poder dizer que são fiéis à modelo..."

"Mas eles *são*!", respondeu Mazzard.

"Muitíssimo obrigada." Ela lhe devolveu os desenhos; e ele, colocando o bloco sobre os joelhos, foi virando as páginas e pegando a caneta até que escreveu algo numa das folhas, arrancou-a e ofereceu a ela.

Era um dos desenhos de meio-corpo em que ela estava séria, com a conhecida assinatura sem maiúsculas, *ike mazzard*. Ela o mostrou a Walter, que disse: "Obrigado, Ike".

"O prazer foi todo meu."

Ela sorriu para Mazzard. "Obrigada", agradeceu. "Eu te perdoo por ter estragado a minha adolescência." Sorrindo para todos, perguntou: "Alguém quer café?".

Todos aceitaram, menos Claude, que preferiu chá.

Ela foi para a cozinha e colocou o desenho num descanso em cima da geladeira. Um desenho de Ike Mazzard, *dela*! Quem imaginaria isso, lá em casa, quando ela tinha 11 ou 12 anos, lendo os *Journals* e *Companions* da mãe? Era besteira ficar tão cheia de si sobre o fato. Tinha sido gentileza de Mazzard fazer o desenho.

Sorrindo, ela colocou a água na cafeteira, ligou-a na tomada, encaixou o filtro e juntou umas colheres de café. Ajustou a parte superior, pressionou a tampa de plástico no pote de café e virou-se. Coba estava encostado na porta e a observava, de braços cruzados, com o ombro no batente.

Muito tranquilo, em sua camisa de gola rolê cor de jade (combinando com os olhos, claro) e seu terno cinza esverdeado de veludo cotelê.

"Gosto de ver mulheres fazendo pequenas tarefas domésticas", declarou ele, sorrindo para ela.

"Você está na cidade certa", retrucou ela. Colocou a colher na pia e guardou o pote de café na geladeira.

Coba continuou ali, olhando-a.

Ela desejou que Walter chegasse. "Você não me parece particularmente *diz*-traído", disse ela, retirando um bule para preparar o chá de Claude. "Por que seu apelido é 'Diz'?"

"Já trabalhei na Disneylândia", explicou ele.

Ela riu, indo para a pia. "Não acredito."

"É verdade."

Ela se voltou e o encarou.

"Você não acredita em mim?", perguntou ele.

"Não", respondeu ela.

"Por que não?"

Joanna pensou e lhe veio a resposta.

"Por que não?", insistiu ele. "Me diga."

Ele que fosse pro inferno; ela diria, sim: "Você não me parece o tipo de pessoa que gosta de fazer os outros felizes".

Sem dúvida nenhuma, ela torpedeara para sempre a admissão de mulheres na venerada e sacrossanta Associação Masculina.

Coba olhou para ela com menosprezo.

"Você não sabe de nada!", disparou ele.

Sorriu, deixou o batente da porta, virou-se e foi embora.

"NÃO FIQUEI FANÁTICA PELO EL PRESIDENTE", DECLAROU ELA, despindo-se.

"Nem eu. Ele é frio como gelo. Mas não vai ficar eternamente nessa função", respondeu Walter.

"Tomara que não fique mesmo, senão as mulheres jamais vão ser admitidas. Quando vão ser as eleições?"

"Logo depois do início do ano."

"O que ele faz?"

"Trabalha com o Burnham-Massey, na Rodovia 9. O Claude também."

"Ah, escute, qual é o sobrenome dele?"

"Do Claude? Axhelm."

Kim começou a chorar. Estava ardendo em febre, e eles ficaram acordados até depois das três, medindo a temperatura dela (39°C, no início), lendo *Dr. Spock*, ligando para o dr. Verry, dando banhos frios e friccionando álcool na menina.

BOBBIE ACHOU UMA QUE ESTAVA VIVA. "PELO MENOS PARECE, comparada ao resto dessas múmias", disse sua voz rouquenha ao telefone. "O nome dela é Charmaine Wimperis; se você fechar um pouquinho os olhos, ela vira a Rachel Welch. Eles moram no alto da Burgess Ridge, numa casa supermoderna, de 200 mil dólares; ela tem uma empregada e um jardineiro e — agora escute só isso — uma quadra de tênis."

"*Jura?*"

"Eu sabia que isso ia tirar você da fossa. Você está convidada para jogar e para almoçar também. Passo aí para te pegar por volta das onze e meia."

"Hoje? Não posso! Kim ainda está em casa."

"*Ainda?*"

"Será que daria para ser na quarta-feira? Ou na quinta, só para garantir."

"*Quarta-feira*", afirmou Bobbie. "Vou combinar com ela e ligo pra você de novo."

TUM! POU! BAM! CHARMAINE JOGAVA BEM; BEM *DEMAIS*; A BOLA vinha zunindo, direto e com força, primeiro para um lado da quadra e, a seguir, para o outro; essas jogadas a mantinham correndo de um lado para o outro e, então, lançou uma bola bem no fundo da quadra — que ela quase não conseguiu rebater. Correu atrás da bolinha, mas Charmaine deu um *smash* no canto esquerdo da rede — inalcançável — e ganhou o *set*, por 6 × 3, e o jogo, depois de ter ganhado o primeiro *set* por 6 × 2. "Ah, meu Deus, pra mim chega!", desabafou Joanna. "Que vexame! *Rapaz!*"

"Mais um!", gritou Charmaine, recuando até a linha de saque. "Vamos lá, mais um!"

"Não aguento! Desse jeito, amanhã não vou nem conseguir andar." Apanhou a bola. "Vamos lá, Bobbie, sua vez de jogar!"

"Não jogo desde os meus tempos de *acampamento*, por Deus!", respondeu Bobbie, sentada de pernas cruzadas na grama do lado de fora da cerca de tela, com a cabeça em frente a um refletor solar.

"Só mais um *set*, então!", gritou Charmaine. "Mais um *set*, Joanna!"

"Está bem, vamos mais um!"

Charmaine ganhou.

"Você acabou comigo, mas foi ótimo!", elogiou Joanna, enquanto saíam juntas da quadra. "Obrigada!"

"Você só precisa voltar a praticar, só isso. Você tem um saque de primeira!", rebateu Charmaine, enxugando cuidadosamente o rosto de maçãs salientes com a ponta da toalha.

"Imagina! Mas, pelo menos, é um consolo!"

"Promete que vem jogar com frequência? Tudo o que tenho no momento como adversários são dois adolescentes, ambos com ereções permanentes."

"Mande-os pra minha casa", retrucou Bobbie, levantando-se do gramado.

Elas foram andando pelo caminho de pedra em direção à casa.

"A quadra é uma maravilha", afirmou Joanna, passando a toalha no braço.

"Então *use-a*", convidou Charmaine. "Eu costumava jogar todos os dias com a Ginnie Fisher — vocês a conhecem? —, mas ela me deixou na mão. *Vocês* não vão me deixar, não é? Que tal amanhã?"

"Ah, eu não poderia!"

Sentaram-se no terraço, sob um guarda-sol da Cinzano, e a empregada, uma mulher de cabelos ligeiramente grisalhos, chamada Nettie, trouxe para elas uma jarra de *Bloody Mary* e uma tigela com patê de pepino e bolachinhas. "Ela é maravilhosa", declarou Charmaine. "Uma virginiana alemã; se eu pedisse pra lamber meus sapatos, ela lamberia. E você é o que, Joanna?"

"Uma taurina norte-americana."

"Se você pedir a ela pra lamber seus sapatos, ela cospe no seu olho", disparou Bobbie. "Você não acredita mesmo nessas coisas, não é?"

"Mas é claro que acredito", afirmou Charmaine, servindo a bebida. "Você também acreditaria, se encarasse isso com a cabeça aberta." (Joanna deu uma olhada nela, semicerrando os olhos; não, não era Rachel Welch, mas chegava bem perto de ser.) "Foi por isso que a Ginnie Fisher me deixou na mão. Ela é geminiana; eles mudam o tempo todo. Os taurinos são estáveis e confiáveis. Um brinde a muitas partidas de tênis."

"Esta taurina em particular tem uma casa e dois filhos, e nenhuma virginiana alemã", argumentou Joanna.

Charmaine tinha só um filho, um garoto de 9 anos chamado Merrill. Seu marido, Ed, era produtor de televisão. O casal havia se mudado para Stepford em julho. Sim, Ed participava da Associação Masculina, e não, Charmaine não se incomodava com as injustiças sexistas. "Qualquer coisa que o faça sair de casa à noite está bem para mim", declarou ela. "Ele é de Áries, e eu sou de Escorpião."

"Ah, *entendi*", comentou Bobbie, colocando uma bolacha cheia de patê na boca.

"É uma combinação muito ruim", explicou Charmaine. "Se eu soubesse antes o que sei agora!"

"Mas em que sentido, exatamente?", perguntou Joanna.

A pergunta foi um erro. Charmaine discorreu detalhadamente sobre as diversas incompatibilidades existentes entre Ed e ela — sociais, emocionais e, sobretudo, sexuais. Nettie serviu-lhes uma lagosta à Newburg e batatas à Julienne.

"Ai, meus quadris!", reclamou Bobbie, servindo-se de lagosta — e Charmaine prosseguiu, com detalhes ainda mais informais. Ed era um demônio sexual, com gostos realmente estranhos. "Ele mandou fazer uma roupa de *borracha* para mim na Inglaterra, que sabe lá Deus quanto custou. E eu pergunto a vocês: *borracha*? Vista isso numa das suas secretárias, eu disse, você não vai *me* fazer entrar nisso aí. Cheia de zíperes e cadeados. Você não pode trancar alguém de Escorpião. Virginianas, sim, a qualquer hora; elas são feitas para servir. Mas Escorpião gosta é de seguir o seu próprio caminho."

"Se *Ed* soubesse então o que você sabe agora!", repetiu Joanna.

"Não teria feito a menor diferença", retrucou Charmaine. "Ele é doido por mim. Típico ariano."

Nettie trouxe tortinhas de framboesa e café. Bobbie suspirou. Charmaine contou sobre outros maníacos que conhecera. Havia sido modelo e conhecera vários.

Acompanhou-as até o carro de Bobbie. "Agora, ouça bem", ela disse a Joanna, "eu sei que você é ocupada, mas em qualquer momento que tiver um tempo livre, a *qualquer* hora, apareça por aqui. Não precisa nem telefonar; estou quase sempre aqui."

"Obrigada, eu venho", agradeceu Joanna. "E muito obrigada por hoje. Foi ótimo."

"A *qualquer* hora", reforçou Charmaine. E, inclinando-se na janela, continuou: "E olhem, vocês duas, poderiam me fazer um favor? Leiam *Os Signos Solares*, da Linda Goodman. Simplesmente leiam esse livro e verão como ela está certa. Tem à venda na Farmácia Central, em brochura. Leiam, por favor!".

Elas assentiram, sorrindo, e prometeram que leriam.

"*Ciao!*", exclamou, acenando, enquanto elas se afastavam.

"Bem", comentou Bobbie, fazendo a curva da entrada lateral, "ela pode não ser o material ideal para a Organização Nacional de Mulheres, mas, pelo menos, não está apaixonada pelo aspirador de pó dela."

"Meu Deus, como ela é linda", confessou Joanna.

"Não é? Mesmo para este lugar, onde você tem que admitir que elas são todas *bonitas*, apesar de não terem pensamentos bonitos. Putz, que casamento! E que tal aquela de 'roupa de borracha'? E eu que imaginava que o *Dave* tinha ideias esquisitas!"

"O Dave?", perguntou Joanna, olhando-a.

Bobbie deu um sorriso com o canto da boca. "Você não vai arrancar nenhuma confissão de *mim*. Sou de Leão, e o nosso negócio é mudar de assunto. Você e Walter querem ir ao cinema no sábado à noite?"

ELES HAVIAM COMPRADO A CASA DE UM CASAL CUJO SOBRENOME

era Pilgrim, que havia morado nela por dois meses apenas, antes de se mudar para o Canadá. Os Pilgrim a haviam comprado de uma tal de sra. McGrath, que a adquirira do construtor onze anos antes. Assim sendo, a maior parte das quinquilharias do depósito tinha sido deixada pela sra. McGrath. Na realidade, não era justo chamar tudo de quinquilharia: havia duas poltronas coloniais em bom estado, que Walter ia mandar lixar e estofar algum dia; havia uma coleção completa de vinte volumes do *Livro do Conhecimento*, que já estava na estante do quarto de Pete e havia também caixas e pequenos montes de ferramentas e acessórios que, embora não fossem grandes achados, pelo menos poderiam vir a ser de alguma utilidade. A sra. McGrath tinha guardado as coisas com cuidado.

Joanna transferira tudo o que não era quinquilharia de verdade para um canto afastado do porão, antes de o encanador instalar a pia, e agora ela estava removendo o que faltara — latas de tinta, pilhas de telhas de amianto —, enquanto Walter martelava numa bancada de compensado, e Pete ia lhe passando os pregos. Kim havia ido à biblioteca com as meninas dos Van Sant e Carol.

Joanna abriu um embrulho de jornais amarelados e dentro encontrou um pincel de uns três centímetros de largura, com as cerdas meio endurecidas, mas ainda flexíveis. Começou a enrolá-lo no jornal novamente, uma meia página do *Crônica*, quando as palavras CLUBE FEMININO OUVE AUTORA chamaram sua atenção. Ela virou o jornal de lado e deu uma boa olhada.

"Pelo amor de Deus!", exclamou.

Pete olhou para ela, e Walter, martelando, perguntou: "O que foi?".

Joanna retirou o pincel do jornal e, segurando a meia página aberta com as duas mãos, leu.

Walter parou de martelar, virou-se e a encarou, curioso. "O que foi?", repetiu.

Ela leu por mais um trecho e olhou para ele; olhou para o jornal e, de novo, para ele. "Aqui já houve um Clube *Feminino*", enfatizou. "Betty Friedan falou para as associadas. E *Kit Sundersen* era a presidente. As esposas do Dale Coba e do Frank Roddenberry eram conselheiras."

"Você está brincando?", surpreendeu-se ele.

Ela voltou-se para o jornal e leu: "Betty Friedan, autora de *A Mística Feminina*, discursou para as associadas do Clube Feminino de Stepford, terça-feira à noite, na casa da rua Fairview, da sra. Herbert Sundersen, presidente do clube. Mais de cinquenta mulheres aplaudiram a sra. Friedan, enquanto ela expunha as injustiças e frustrações cometidas contra a dona de casa moderna...". Ela olhou para ele.

"Posso martelar um pouco?", pediu Pete.

Walter entregou o martelo ao filho. "Quando *foi* isso?", ele quis saber.

Ela procurou a data no jornal. "Aqui não diz nada; é a metade de baixo", respondeu. "Há uma foto das conselheiras: sra. Steven Margolies, sra. Dale Coba, a autora Betty Friedan, sra. Herbert Sundersen, sra. Frank Roddenberry e sra. Duane T. Anderson." Abriu a meia página do jornal na direção do marido, ele se aproximou e segurou uma ponta. "Se isso não é surpreendente!", comentou ele, olhando para a fotografia e para o artigo.

"Eu *falei* com a Kit Sundersen", revelou Joanna. "Ela não disse uma única palavra a esse respeito. Não tinha tempo para reuniões. Como todas as outras."

"Isso deve ter sido há seis ou sete anos", estimou Walter, passando o dedo pela borda do papel amarelado.

"Ou mais", observou Joanna. "*A Mística* foi publicado quando eu ainda estava trabalhando. O Andreas me deu a prova de revisão, lembra?"

Ele assentiu e, virando-se para Pete, que martelava vigorosamente o tampo da bancada, disse: "Ei, vai devagar! Não vá fazer nenhuma meia-lua aí". Retornou ao jornal. "Não é incrível isso aqui? Deve ter-se dissolvido, simplesmente."

"Com cinquenta associadas?", indagou ela. "*Mais* de cinquenta aplaudindo a Friedan, e não *vaiando*?"

"Bem, já não existe, não é?", retrucou ele, largando o jornal. "A menos que elas tenham a pior gerente de publicidade do mundo. Da próxima vez que eu encontrar o Herb, vou perguntar o que aconteceu." Retornou a Pete e disse: "Puxa, ficou um trabalho de primeira!".

Ela olhou o jornal e balançou a cabeça. "Não consigo acreditar nisso. Quem eram as associadas? Elas não podem, todas, ter se mudado daqui."

"Ora, ora", exclamou Walter, "você não chegou a falar com todas as mulheres da cidade!"

"A Bobbie falou com quase todas." Joanna dobrou o jornal várias vezes e o guardou na caixa do seu equipamento. O pincel estava lá; ela o apanhou. "Está precisando de um pincel?", perguntou.

Walter virou-se e olhou para ela. "Você não está esperando que eu vá *pintar* essas coisas, correto?"

"Não, não. O pincel estava embrulhado no jornal."

"Ah", suspirou ele, voltando-se para a bancada.

Ela largou o pincel e se agachou para juntar algumas telhas espalhadas. "Como é que ela sequer mencionou isso?", indagou. "Ela era a *presidente*."

ASSIM QUE BOBBIE E DAVE ENTRARAM NO CARRO, JOANNA LHES CONTOU.
"Você tem certeza de que não é um daqueles jornais que eles imprimem nos parques de diversão?", perguntou Bobbie. "Tipo 'Fred Smith dorme com Elizabeth Taylor'?"

"É o *Doença Crônica*", respondeu Joanna. "A metade inferior da primeira página. Vejam, se vocês conseguirem enxergar."

Passou o jornal, e eles o desdobraram; Walter acendeu a luz do teto.

"Você poderia ter ganhado um montão de dinheiro se tivesse apostado comigo primeiro e só *depois* nos mostrado o jornal", disse Dave.

"Não pensei nisso", retrucou ela.

"Mais de cinquenta mulheres!", comentou Bobbie, admirada. "Quem diabos eram elas? O que aconteceu?"

"É bem *isso* que eu quero saber", declarou Joanna. "E por que Kit Sundersen não mencionou nada sobre esse assunto quando conversamos. Vou falar com ela amanhã."

Foram até Eastbridge e ficaram na fila para a sessão das nove de um filme inglês, impróprio para menores de 18 anos. Os casais da fila, em grupos de quatro ou seis, eram alegres, falantes e riam muito. Nenhum deles era conhecido, a não ser um casal de idosos da Sociedade Histórica, que Bobbie reconheceu; e o rapaz dos McCormick, de 17 anos, com a namorada, de mãos dadas solenemente, tentando parecer que já era maior de idade.

O filme, todos concordaram, tinha sido "bom pra chuchu", e depois da sessão eles foram para a casa de Bobbie e Dave, que estava um caos, com os meninos ainda acordados e o sheepdog saracoteando por toda parte. Quando Bobbie e Dave conseguiram se livrar da babá, dos meninos e do cachorro, tomaram café e comeram cheesecake na sala de estar, que parecia ter sido varrida por um tornado.

"Eu *sabia* que não era exclusivamente irresistível", comentou Joanna, olhando para o desenho de Bobbie feito por Ike Mazzard, emoldurado num porta-retratos sobre a lareira.

"Você não sabia que todas as garotas são garotas de Ike Mazzard?", perguntou Bobbie, tentando prender melhor o desenho, mas fazendo com que ele ficasse mais torto do que já estava. "Puxa vida, eu desejaria parecer a *metade* disso!"

"Você está muito bem desse jeito", elogiou Dave, de pé atrás delas.

"Ele não é uma gracinha?", disse Bobbie para Joanna. Ela se virou e beijou Dave no rosto. "Mesmo assim, amanhã *ainda* é a sua vez de levantar cedo no domingo."

"JOANNA EBERHART", CUMPRIMENTOU KIT SUNDERSEN, SORRINDO.
"Como vai você? Gostaria de entrar?"

"Gostaria, sim", respondeu Joanna, "se você tiver alguns minutinhos livres."

"Claro que sim, entre", convidou Kit. Ela era uma mulher bonita, de cabelos pretos e covinhas, e parecia só um pouco mais velha do que na fotografia nada lisonjeira do *Crônica*. Com uns 33 anos, calculou Joanna, enquanto entrava no hall. O chão, de vinil marfim, brilhava como se estivesse recoberto por uma camada plástica, como nos comerciais de TV. O som de uma partida de beisebol vinha da sala de estar.

"O Herb está lá dentro com o Gary Claybrook", explicou Kit, fechando a porta de entrada. "Quer dar um alô para eles?"

Joanna foi até o arco da sala de estar e olhou para dentro: Herb e Gary estavam sentados no sofá, assistindo a um jogo numa enorme TV colorida, do outro lado da sala. Gary segurava metade de um sanduíche e mastigava. Em frente a eles, num banquinho, havia um prato com sanduíches e duas latas de cerveja. A sala era bege, marrom e verde; colonial e imaculada. Joanna esperou até que um jogador recuado segurasse a bola e disse: "Olá!".

Herb e Gary viraram-se e sorriram. "Olá, Joanna", cumprimentaram. Gary continuou: "Como vai? O Walter está aqui também?".

"Eu vou bem. Não, ele não está", respondeu. "Só dei uma passadinha para conversar com a Kit. O jogo está bom?"

Herb desviou o olhar, e Gary disse: "Muito".

Kit, que estava a seu lado, exalando o mesmo perfume da mãe de Walter (qualquer que fosse aquele perfume), disse: "Venha, vamos lá pra cozinha".

"Divirtam-se", desejou Joanna a Herb e Gary. Este, que estava dando uma mordida no sanduíche, sorriu com os olhos, através dos óculos, e Herb olhou para ela e disse: "Obrigado, está bem divertido".

Ela seguiu Kit pela camada de vinil.

"Aceita uma xícara de café?", ofereceu Kit.

"Não, obrigada." Joanna seguiu Kit até a cozinha, que cheirava a café. Estava imaculada, naturalmente — exceto pela secadora aberta, as roupas e o cesto de roupas na prateleira sobre a máquina. Pelo visor redondo da máquina de lavar, via-se a agitação da espuma. O chão continuava parecendo plastificado.

"Está prontinho bem ali no fogão, não vai dar trabalho algum", insistiu Kit.

"Bem, nesse caso..."

Joanna sentou-se a uma mesa verde e redonda, enquanto Kit tirava uma xícara e um pires do armário impecavelmente arrumado, com todas as xícaras penduradas em ganchos e os pratos colocados nas prateleiras. "Agora está tudo certo e tranquilo", comentou Kit, fechando o armário e caminhando em direção ao fogão. (O corpo dela, num curto vestido azul-celeste, era quase tão sensacional quanto o de Charmaine.) "As crianças estão na casa do Gary e da Donna. Estou lavando as roupas da Marge McCormick. Ela pegou um vírus qualquer e hoje quase não consegue se mexer."

"Nossa, coitada!", exclamou Joanna.

Com a ponta dos dedos, Kit removeu a tampa da cafeteira e serviu o café. "Tenho certeza de que ela vai estar nova em folha em um ou dois dias. Como é que você prefere o café, Joanna?"

"Com leite e sem açúcar, por favor."

Kit levou a xícara e o pires até a geladeira. "Se é de novo por causa daquela reunião, receio que eu ainda esteja terrivelmente ocupada."

"Não é isso", retrucou Joanna. Viu Kit abrir a geladeira. "Eu só queria saber o que aconteceu ao Clube Feminino."

Kit permaneceu na frente do refrigerador aberto, de costas para Joanna. "O Clube Feminino? Puxa vida, aquilo foi anos atrás. Ele acabou se dissolvendo."

"Por quê?", perguntou Joanna.

Kit fechou a geladeira e abriu uma gaveta ao lado. "Algumas das associadas se mudaram", explicou, enquanto fechava a gaveta; virando-se, ela colocou uma colher no pires, "e o restante de nós simplesmente perdeu o interesse naquilo. Eu, pelo menos, perdi." Foi até a mesa, olhando para a xícara. "O clube não estava trazendo nada de útil. Depois de algum tempo, as reuniões se tornaram muito chatas." Ela colocou a xícara e o pires sobre a mesa e os empurrou em direção a Joanna. "Está boa a quantidade de leite?"

"Sim, está ótima", disse Joanna. "Obrigada. Por que você não mencionou o Clube quando estive aqui da outra vez?"

Kit sorriu, e suas covinhas se aprofundaram. "Você não me perguntou nada. Se tivesse perguntado, eu teria respondido. Não é nenhum segredo. Aceita uma fatia de bolo ou algumas bolachinhas?"

"Não, obrigada", agradeceu Joanna.

"Vou dobrar essas coisas", anunciou Kit, afastando-se da mesa.

Joanna a viu fechar a secadora e pegar alguma coisa branca da pilha de roupas. Era uma camiseta de malha; ela a chacoalhou. Joanna perguntou: "O que há de errado com o *Bill* McCormick? Ele não *sabe* usar uma máquina de lavar roupas? Pensei que ele fosse um dos nossos cérebros em engenharia espacial".

"Ele está cuidando da Marge", esclareceu Kit, dobrando a camiseta. "Essas roupas ficaram bonitas e branquinhas, não acha?" Ela colocou a camiseta no cesto de roupas, sorrindo.

Como uma atriz num comercial.

Era isso o que ela era, Joanna se deu conta de repente. Era isso o que *todas* elas eram, todas as espantosas esposas de Stepford; atrizes de comerciais de TV, felizes com detergentes, ceras, limpadores, xampus e desodorantes. Atrizes lindas, de busto grande, mas de talento pequeno, desempenhando o papel de donas de casa suburbanas de um modo pouco convincente, tudo agradável demais para ser real.

"Kit", chamou Joanna.

Kit olhou para ela.

"Você devia ser bem jovem quando foi presidente do clube. O que demonstra que é inteligente e tem uma certa motivação. Você se sente feliz agora? Me conte a verdade. Você acha que está vivendo uma vida plena?"

Kit olhou para ela e assentiu. "Sim, me sinto feliz. Sinto que tenho uma vida bem plena. O trabalho do Herb é importante, e ele não poderia desempenhá-lo tão bem sem a minha contribuição. Somos uma unidade; juntos, estamos criando uma família, fazendo pesquisas em ótica, mantendo uma casa limpa e confortável e fazendo trabalho comunitário."

"Através da Associação Masculina?"

"Correto."

"As reuniões do Clube Feminino eram mais aborrecidas do que o trabalho doméstico?", indagou Joanna.

Kit franziu a testa. "Não. Mas não eram tão úteis quanto o trabalho doméstico. Você não está tomando o seu café. Não está bom?"

"Está ótimo. Eu estava esperando que esfriasse." Joanna disse isso e ergueu a xícara.

"Ah!", exclamou Kit e, sorrindo, voltou-se para suas roupas e dobrou uma peça.

Joanna observou-a. Será que deveria perguntar que outras mulheres participavam? Não, elas seriam como Kit; e que diferença faria? Joanna tomou um gole. O café estava forte e saboroso, um dos melhores que tinha experimentado ultimamente.

"Como vão seus filhos?", perguntou Kit.

"Vão bem", respondeu ela.

Ia perguntar qual era a marca do café, mas se conteve e tomou outro gole.

TALVEZ AS VIDRAÇAS DA LOJA DE FERRAGENS REPRODUZISSEM O

reflexo da lua de um jeito interessante, mas não era possível afirmar com certeza, não com as vidraças *naquela* posição e com a lua onde *ela* estava. *C'est la vie*. Joanna circulou pelo centro por uns minutos, analisando a curva da rua deserta na noite, a fila de lojas e suas fachadas brancas de um lado, a curva da colina do outro; a biblioteca e o terreno da Sociedade Histórica. Gastou um pouco de filme com os postes de iluminação e com as latas de lixo — momento clichê —, mas era só um filme preto e branco, então, paciência. Um gato desceu trotando o caminho da biblioteca, um gato cinza-prata, com a preta sombra do luar presa a suas patas; ele cruzou a rua em direção ao estacionamento do supermercado. Não, obrigada, não temos interesse em fotos de gatos.

Ela armou o tripé no gramado da biblioteca e tirou umas fotografias das fachadas das lojas, usando uma lente de 50 mm e fazendo exposições de dez, doze e catorze segundos. O ar foi tomado por um cheiro estranho de remédio — soprado com a brisa às suas costas. Quase lhe trouxe uma lembrança da infância, mas foi passageiro. Algum xarope que havia tomado? Um brinquedo que tinha?

Sob a luz do luar, colocou um novo filme na máquina, recolheu o tripé, foi recuando pela rua em busca de um bom ângulo da biblioteca. Encontrou um e se preparou. O revestimento lateral, de madeira branca, tinha faixas escuras devido ao luar, e as janelas mostravam as paredes cobertas de estantes de livros, sutilmente iluminadas por dentro. Ajustou o foco na câmera com especial cuidado, começando com oito segundos e aumentando a exposição um segundo a cada vez até chegar a dezoito segundos. Pelo menos uma delas pegaria as paredes internas com as estantes, sem um demasiado contraste com a parte lateral.

Foi até o carro buscar um suéter e olhou ao redor, enquanto retornava à câmera fotográfica. O prédio da Sociedade Histórica? Não, muitas sombras das árvores sobre ele e, de todo modo, era sem graça. Mas o casarão da Associação Masculina, no alto da colina, tinha um surpreendente ar cômico: uma casa antiga e quadrada do século XIX, sólida e simétrica, era inebriantemente ensombrecida por uma cintilante antena de televisão. As quatro janelas altas do segundo andar estavam vividamente iluminadas, com as vidraças erguidas. Pessoas se deslocavam no seu interior.

Ela retirou a lente de 50 mm da câmera e estava colocando uma de 135 mm quando os feixes luminosos de um farol varreram a rua e se intensificaram. Ela se virou, e a luz de um refletor a cegou. Fechando os olhos, ajustou a lente e, em seguida, protegeu-os ao semicerrar as pálpebras.

O carro parou, e a luz mudou de direção, reduzindo-se a uma centelha alaranjada. Joanna piscou algumas vezes, ainda enxergando a luminosidade ofuscante.

Um carro de polícia. Permaneceu parado a uns dez metros de distância dela, do outro lado da rua. Do interior do carro saiu uma voz masculina, uma fala suave e contínua.

Ela esperou.

O carro avançou e veio a parar bem na frente de Joanna. O jovem policial, com um bigode castanho nada policial, sorriu para ela e disse: "Noite, senhora". Ela já o tinha visto diversas vezes, uma delas na papelaria, comprando papel crepom colorido, uma folha de cada cor disponível.

"Olá", ela respondeu, sorrindo.

Ele estava sozinho no carro; devia ter estado falando com alguém pelo rádio. Sobre ela? "Sinto muito por ter jogado a luz na senhora daquele jeito. Aquele carro ali na frente do Correio é da senhora?"

"É meu, sim", confirmou ela. "Não estacionei o carro aqui porque eu estava..."

"Está tudo bem, eu só estou confirmando." Ele deu uma olhada para a câmera. "É uma câmera bem boa essa. De que marca é?"

"É uma Pentax", ela respondeu.

"Pentax." Olhou para a câmera e para ela. "E a senhora consegue tirar foto à noite com ela?"

"Mudando o tempo de exposição", explicou ela.

"Ah, claro. E quanto tempo demora, numa noite como essa?"

"Bem, isso depende."

Ele quis saber o que ela estava fotografando e que tipo de filme usava. E se era fotógrafa profissional e quanto custava uma Pentax, o preço aproximado. E como essa podia ser comparada às outras marcas de câmeras.

Joanna tentou não se irritar; ela deveria estar feliz por morar em uma cidade onde um policial podia parar e conversar por alguns minutos.

Finalmente, ele sorriu e disse: "Bem, acho melhor deixar a senhora continuar. Boa noite".

"Boa noite", despediu-se ela, sorrindo.

Ele se retirou, dirigindo bem devagar. O gato cinza-prata correu por entre a luz dos faróis do carro da polícia.

Ela ficou observando o carro por um momento e, então, virou-se para a câmera e inspecionou a lente. Agachando-se até o visor, nivelou a máquina fotográfica até conseguir um bom enquadramento do casarão da Associação Masculina e travou a ponta do tripé. Foi ajustando o foco até que a imagem do inebriante casarão com a antena ficasse bem nítida. Duas das janelas do segundo andar agora estavam às escuras; uma outra fora escurecida pela persiana e, em seguida, a última.

Ela endireitou as costas, olhou para o casarão e, depois, para as luzes traseiras do carro de polícia ao longe.

Ele havia transmitido uma mensagem sobre ela e, então, a enchera daquelas perguntas enquanto eles tomavam providências, cerrando as persianas.

Ah, pare com isso, garota, você está ficando maluca! Olhou novamente para o casarão. Eles não teriam um *rádio* lá em cima. E o que ele tinha medo de que ela fotografasse? Uma orgia em andamento? Garotas de programa de outra cidade? (Ou, melhor ainda, de lá mesmo, de Stepford.) TELEOBJETIVA REVELA SEGREDO CHOCANTE. *No domingo à noite, donas de casa inacreditavelmente diligentes, permanecendo adequadamente imóveis para fotos de exposição prolongada, foram surpreendidas divertindo-se no casarão da Associação Masculina, em registro da fotógrafa Nancy Drew Eberhart, moradora da rua Fairview...*

Sorrindo, ela se agachou até o visor, melhorou o enquadramento e o foco, e bateu três fotos da casa com as janelas às escuras — dez, doze e catorze segundos.

Tirou algumas fotos da agência dos Correios e da silhueta do mastro vazio contra as nuvens enluaradas.

Estava guardando o tripé no carro quando a viatura da polícia se aproximou e reduziu a marcha. "Espero que todas tenham saído boas!", comentou o jovem policial.

"Obrigada!", respondeu ela. "Gostei da conversa!" Com isso, tentava afastar as suspeitas que pairavam sobre ela.

"Boa noite!", exclamou o policial.

UM DOS SÓCIOS PRINCIPAIS DA EMPRESA EM QUE WALTER TRABALHAVA morreu de uremia e foi descoberto que os registros das negociações administradas por ele estavam preocupantemente incorretos. Walter teve de permanecer na cidade por duas noites e um fim de semana e, nas noites que se seguiram, ele só raramente chegou em casa antes das onze horas. Pete teve uma queda no ônibus da escola e perdeu os dois dentes da frente. Os pais de Joanna, que estavam a caminho do Caribe, onde passariam as férias, vieram visitá-la por três dias, tendo avisado de última hora. (Eles adoraram a casa e Stepford, e a mãe de Joanna ficou admirada com Carol van Sant. "Tão tranquila e eficiente! Tome umas aulas com *ela*, Joanna.")

A lava-louças quebrou, bem como a bomba-d'água; chegou o oitavo aniversário de Pete, o que exigia presentes, festa, pedidos e bolo. Kim teve uma inflamação na garganta e teve que ficar em casa por três dias. A menstruação de Joanna atrasou, mas acabou vindo, graças a Deus e à pílula.

Ela conseguiu jogar um pouco mais de tênis e se aperfeiçoar no jogo, mas não chegou a um desempenho igual ao de Charmaine. Já conseguira arrumar uns 80% de seu quarto escuro; tinha feito algumas provas de ampliações da foto do negro e do táxi, revelado e reproduzido as fotos que tirara do Centro, duas das quais haviam ficado muito boas. Tirou algumas fotos de Pete, Kim e Scott Chamalian brincando num parquinho.

Encontrava Bobbie quase todos os dias; iam às compras juntas e, algumas vezes, Bobbie trazia seus dois filhos mais jovens, Adam e Kenny, depois das aulas. Um dia, Joanna, Bobbie e Charmaine vestiram umas roupas chiques e foram almoçar num restaurante francês em Eastbridge, com direito a coquetéis variados.

No final de outubro, Walter já estava de novo chegando em casa na hora do jantar, os desfalques do sócio morto já tinham sido desvendados, consertados e ocultados. Tudo na casa estava funcionando direito e todos estavam bem. Esculpiram uma enorme abóbora para o Dia das Bruxas, e Pete saiu para o "doces ou travessuras" fantasiado de Batman (banguela na frente), e Kim de Faísca e Fumaça (ela insistia que era os dois). Joanna distribuiu cinquenta pacotinhos de doces e teve que quebrar um galho com frutas e bolachas; no próximo ano, ela se prepararia melhor.

No primeiro sábado de novembro, eles ofereceram um jantar: Bobbie e Dave, Charmaine e o marido Ed, e, da cidade, Shep e Sylvia Tackover, Don Ferrault — um dos sócios de Walter — com a esposa, Lucy. A mulher que Joanna havia contratado para ajudar a servir e a fazer a limpeza era da região e ficou encantada por trabalhar em Stepford, para variar. "Antes costumava ter tanta diversão por aqui!", disse ela. "Sempre tinha um *monte* de mulheres que *disputavam* o meu serviço! Mas agora tenho que ir até *Nor*wood, *East*bridge e até pra New *Sharon*! Eu, que *detesto* dirigir à noite!" Era uma mulher grisalha, cheinha e ágil, chamada Mary Migliardi. "É aquela Associação Masculina", continuou a dizer, enquanto espetava palitos nos camarões da travessa. "Desde que *eles* começaram a se reunir, a diversão acabou! Os homens saem, e as mulheres ficam em casa! Se o meu velho estivesse vivo, teria que me dar uma pancada na cabeça antes que eu deixasse ele participar desse negócio!"

"Mas é uma organização bem antiga, não é?", perguntou Joanna, misturando a salada com os braços bem esticados para não sujar o vestido.

"Está de brincadeira?", retrucou Mary. "É recente! Seis ou sete anos, só isso. Antes, tinha a Associação Cívica, os Alces e a Legião." Ela espetava os palitos nos camarões com a velocidade de uma máquina. "Mas todas se juntaram numa só quando a Associação começou a funcionar. Menos a Legião, que ainda funciona separada. Seis ou sete anos, apenas. É só isso que a senhora vai servir como entrada?"

"Tem uns enroladinhos de queijo na geladeira", respondeu Joanna.

Walter apareceu na cozinha, muito elegante num blazer xadrez, carregando o balde de gelo. "Estamos com sorte", falou ele, indo até a geladeira. "Vai passar um ótimo filme de terror, e o Pete não quer nem descer. Coloquei a TV no quarto dele." Abriu o congelador e tirou uma forma de cubos de gelo.

"A Mary acaba de me contar que a Associação Masculina é recente", contou Joanna.

"Não é *recente*", corrigiu Walter, retirando o gelo da forma. Ele tinha no queixo um pedacinho de lenço de papel grudado num ponto de sangue seco.

"Uns seis ou sete anos", comentou Mary.

"Lá na minha terra, isso já é antigo!"

"Pensei que fosse lá do tempo dos Puritanos", rebateu Joanna.

"Por que você achou isso?", perguntou Walter, despejando o gelo no balde.

Ela temperava a salada. "Sei lá", respondeu, "pela maneira como está organizada, e naquele casarão antigo..."

"Aquela casona foi dos Terhune", explicou Mary, cobrindo com plástico filme o prato de camarões no palito. "Eles a conseguiram por uma mixaria. Foi pra leilão por causa de uns impostos, e ninguém mais ofereceu nenhum lance."

A festa foi um desastre. Lucy Ferrault tinha alergia a algo e não parou de espirrar; Sylvia estava preocupada; Bobbie, com quem Joanna tinha contado como a estrela máxima da conversação, estava com laringite. Charmaine tinha encarnado uma *vamp*, provocante e sedutora num longo de seda branca com um decote até o umbigo. Dave e Shep foram fisgados pela sedução. Walter (*maldito* seja!) ficou num canto conversando sobre Direito com Don Ferrault. Ed Wimperis — enorme, sexy, bem-vestido, maduro — falava sobre televisão, segurando o braço de Joanna e explicando, muito devagar e com palavras bem escolhidas, por que os cassetes iam trazer uma grande transformação. Na mesa de jantar, Sylvia se soltou demais e saiu detonando as comunidades suburbanas, que lucravam investindo na indústria leve e, ao mesmo tempo, se fortaleciam com zoneamento de 8 a 16 mil metros quadrados. Ed Wimperis derramou seu vinho. Joanna tentou puxar uma conversa sobre amenidades, e Bobbie cortou-a bravamente, para explicar, sussurrando, como sua laringite havia surgido: ela tivera que gravar umas fitas cassete para um amigo de Dave, "que se acha o linguista Henry Higgins, me ensinando o sotaque daqui". Mas, Charmaine, que conhecia o tal homem e também havia feito gravações para ele, interrompeu-a com um "Nada de piadas sobre o que um capricorniano faz; eles *produzem*" e prosseguiu fazendo uma rodada de análise sobre o signo de cada um dos presentes, monopolizando a atenção de todos. A carne assada tinha passado do ponto, e Walter teve um trabalho danado para fatiá-la. O suflê cresceu, mas não o quanto deveria — conforme Mary comentou enquanto o servia. Lucy Ferrault espirrava.

"Nunca mais", declarou Joanna, enquanto apagava as luzes de fora, e Walter completou, bocejando: "Digo o mesmo".

"Agora, escute aqui", disse ela, "como é que você pôde ficar ali de pé, conversando com o Don, enquanto três mulheres estavam sentadas no sofá feito umas estátuas?"

SYLVIA TELEFONOU PARA SE DESCULPAR — TINHA SIDO IGNORADA NUMA promoção que ela sabia muitíssimo bem que merecia —, e Charmaine telefonou para dizer que o jantar havia sido muito divertido e para adiar o tênis que estava marcado para a terça-feira. "O Ed anda muito estressado", alegou ela. "Ele está precisando tirar alguns dias de férias, nós vamos deixar o Merrill com os DaCosta — sorte sua que não os conhece — e eu e ele vamos 'redescobrir um ao outro'! Isso quer dizer que ele vai ficar me perseguindo em volta da cama. Pra piorar, minha menstruação só vem na próxima semana, um inferno!"

"E por que você não o deixa te pegar, afinal?", perguntou Joanna.

"Ah, Deus meu", exclamou Charmaine. "Olha, eu simplesmente não gosto de um pau enorme enfiado dentro de mim, só isso. Jamais gostei e jamais vou gostar. Também não sou lésbica, até já tentei e não achei graça *nenhuma*. Simplesmente não me interesso por sexo. Eu acho que nenhuma mulher se interessa, falando sério, nem mesmo as mulheres de peixes. Você se interessa?"

"Bem, não sou uma ninfomaníaca", respondeu Joanna, "mas, com certeza, me interesso."

"*Jura*, ou você só sente que é uma obrigação estar interessada?"

"Juro."

"Bem, cada um tem o que merece", concluiu Charmaine. "Que tal remarcarmos para quinta-feira? Ele tem uma conferência da qual não pode fugir, graças a Deus."

"Certo, quinta-feira, a menos que aconteça algo."

"Não *deixe* que nada aconteça."

"Está começando a esfriar."

"A gente veste uns casaquinhos."

ELA COMPARECEU A UMA REUNIÃO DA ASSOCIAÇÃO DE PAIS E MESTRES.
Lá estavam as professoras de Pete e de Kim, a srta. Turner e a srta. Gair, simpáticas senhoras de meia-idade cheias de boa vontade para responder às suas perguntas sobre métodos de ensino e o programa de transporte escolar. Pouca gente participou da reunião; além do grupo de professoras no fundo do auditório, só havia nove mulheres e cerca de uma dúzia de homens. A presidente da associação era uma loura atraente, chamada sra. Hollingsworth, que conduzia a reunião com uma plácida e radiante eficiência.

Joanna comprou roupas de inverno para Pete e Kim e dois pares de calças compridas de lã para si mesma. Fez maravilhosas ampliações de "Período de Descanso" e "A Biblioteca de Stepford" e levou Pete e Kim ao dr. Coe, o dentista.

"NÓS TÍNHAMOS COMBINADO?", PERGUNTOU CHARMAINE, DEIXANDO-A entrar em casa.

"Claro que tínhamos", confirmou ela. "Eu disse que estava combinado, se nada acontecesse."

Charmaine fechou a porta e sorriu para ela. Vestia um avental sobre a blusa e as calças. "Puxa vida, sinto muito, Joanna. Eu me esqueci completamente."

"Tudo bem, basta você trocar de roupa."

"Não vamos poder jogar", afirmou Charmaine. "Pelo simples motivo de que tenho muito trabalho a fazer..."

"Trabalho?"

"Trabalho doméstico."

Joanna olhou para ela.

"Nós mandamos a Nettie embora", revelou Charmaine. "É totalmente inacreditável como ela conseguia esconder um serviço tão desleixado! À primeira vista, o lugar até parece limpo, mas, menina, vá dar uma olhada nos cantos. Ontem, limpei a cozinha e a sala de jantar, mas ainda tenho que arrumar todos os outros quartos. O Ed não é obrigado a viver na sujeira."

"Tá, essa piada foi boa!", rebateu Joanna, olhando para ela.

"Não estou brincando", afirmou Charmaine. "O Ed é um cara maravilhoso, e eu estava sendo preguiçosa e egoísta. Estou farta de jogar tênis e farta de ler aqueles livros de astrologia. De agora em diante, vou agir corretamente com o Ed e com o Merrill também. Tenho sorte de ter um marido e um filho tão maravilhosos!"

Joanna olhou para a raquete coberta pela capa que ela segurava e, então, para Charmaine. "Tudo bem", disse e sorriu. "Mas, sinceramente, não acredito que você vá desistir do tênis."

"Vá dar uma olhada", falou Charmaine.

Joanna olhou para ela.

"Vá dar uma olhada", insistiu Charmaine.

Joanna virou-se e foi até a sala de estar, atravessou-a em direção às portas de vidro. Abriu uma das portas, ouvindo Charmaine atrás dela, e saiu para o terraço. Cruzou-o e olhou para o declive com o gramado e o caminho pavimentado com pedras.

Ao lado da quadra de tênis, um caminhão carregado de telas de alambrado estava parado na grama, que tinha marcas de pneus. Dois lados do alambrado da quadra já tinham sido retirados, e os outros dois estavam jogados sobre a grama, um comprido e um curto. Dois homens ajoelhados trabalhavam no lado mais longo, com enormes alicates, faziam os cortes ao mesmo tempo e seguiam-se os estalidos dos alicates. Havia um monte de terra escura no centro da quadra; a rede e os postes já não estavam mais lá.

"O Ed quer um campo de golfe", explicou Charmaine, aproximando-se de Joanna.

"Mas é uma *quadra de saibro*!", argumentou Joanna, voltando-se para a amiga.

"Esse é o único local nivelado que nós temos", retrucou Charmaine.

"Meu Deus!", exclamou Joanna, olhando para os trabalhadores e seus alicates em ação. "Isso é uma loucura, Charmaine!"

"O Ed joga golfe, ele não joga tênis", alegou Charmaine.

Joanna olhou para ela. "O que foi que ele *fez* com você? Ele te *hipnotizou*?"

"Não seja boba", respondeu Charmaine, sorrindo. "Ele é um cara maravilhoso e eu sou uma mulher de sorte que devia ser agradecida a ele. Você quer ficar um pouco? Posso te servir um café. Estou arrumando o quarto do Merrill, mas podemos conversar enquanto eu vou trabalhando."

"Tudo bem", disse Joanna, mas balançou a cabeça, confusa, concluindo: "Não, não, eu...". Afastando-se de Charmaine, encarou-a e disse: "Não, *eu* também tenho que fazer umas coisinhas". Virou-se e atravessou o terraço apressada.

"Me desculpe por ter esquecido de telefonar", falou Charmaine, seguindo-a pela sala de estar.

"Não tem problema", respondeu Joanna, andando depressa, parando, voltando-se, segurando a raquete à frente com ambas as mãos. "Eu vejo você daqui a alguns dias, combinado?"

"Combinado", respondeu Charmaine, sorrindo. "Por favor, me ligue. E dê lembranças ao Walter."

BOBBIE FOI ATÉ LÁ PARA VER COM OS PRÓPRIOS OLHOS E TELEFONOU para comentar o caso. "Ela estava trocando a mobília do quarto. E eles acabaram de se mudar em julho; não tem como o lugar estar assim tão sujo!"

"Isso não vai durar muito", ponderou Joanna. "Não pode durar. As pessoas não mudam assim."

"Não mudam?", questionou Bobbie. "Aqui neste lugar?"

"O que você quer dizer com isso?"

"Fica quieto, Kenny! Dê esse negócio pra ele! Escute, Joanna, quero conversar com você. Podemos almoçar juntas amanhã?"

"Podemos, sim."

"Eu passo aí pra te buscar lá pelo meio-dia. Já disse, *dê* esse negócio pra ele! Combinado? Meio-dia, nada muito chique."

"Combinado. Kim! Você está molhando toda a..."

Walter não se mostrou muito surpreso ao ficar sabendo da mudança de Charmaine. "O Ed deve ter baixado novas leis pra ela seguir", comentou ele, enrolando o garfo de espaguete contra a colher. "Acho que ele não ganha dinheiro suficiente pra manter aquele tipo de vida. Uma empregada deve custar *pelo menos* uns cem dólares por semana hoje em dia."

"Mas todo o *comportamento* dela mudou", afirmou Joanna. "Era de se imaginar que ela estivesse reclamando."

"Vocês sabem quanto que o Jeremy ganha de mesada?", perguntou Pete.

"Ele é dois anos mais velho do que você", respondeu Walter.

"ISSO VAI PARECER LOUCURA, MAS QUERO QUE VOCÊ ME ESCUTE SEM rir, porque, das duas uma: ou eu estou certa, ou estou ficando biruta e vou precisar de compaixão." Bobbie beliscava o pão do seu cheeseburger.

Joanna, olhando a amiga, engoliu um pedaço do próprio sanduíche e disse: "Tudo bem, vá em frente".

Elas estavam no McDonald's, na estrada Eastbridge, comendo dentro do carro.

Bobbie deu uma mordidinha no cheeseburger, mastigou e engoliu. "Li uma coisa na *Time*, algumas semanas atrás. Eu até procurei, mas devo ter jogado a revista fora." Ela olhou para Joanna. "A taxa de criminalidade em El Paso, no Texas, é muito baixa. Eu *acho* que era El Paso. De qualquer modo, *em algum lugar* do Texas, eles têm uma taxa de criminalidade muito baixa, muito mais baixa que em *qualquer outro* lugar do Texas, e a razão disso é que há um componente químico no solo que se mistura com a água e que deixa todo mundo mais calmo e diminui a tensão. Juro por Deus."

"Acho que me lembro", disse Joanna, assentindo e segurando o cheeseburger.

"Joanna", exclamou Bobbie, "eu acho que tem alguma coisa *aqui*. Em Stepford. É possível, não acha? Todas essas fábricas esquisitas na Rodovia 9... de componentes eletrônicos, computadores, lixo espacial, e o riacho de Stepford correndo bem atrás delas — sabe lá *que* tipo de porcaria eles descartam no meio ambiente!"

"O que você está *sugerindo* com isso?", perguntou Joanna.

"Pense só um minutinho", sugeriu Bobbie. Ela cerrou o punho da mão livre e liberou o dedo mínimo. "A Charmaine se transformou numa *hausfrau*." Então liberou o anular. "Aquela mulher com quem você conversou, aquela que foi a presidente do clube; *ela* mudou, não foi, em relação ao que quer que tenha sido antes?"

Joanna assentiu.

Bobbie liberou o dedo seguinte. "A mulher com quem a Charmaine jogava tênis antes de você; ela também mudou, a própria Charmaine nos contou."

Joanna franziu a testa. Pegou uma batata frita do pacote que estava entre as duas. "Você acha que é... por causa de algum componente *químico*?", perguntou.

Bobbie balançou a cabeça concordando. "Alguma coisa que está vazando de uma daquelas fábricas, ou simplesmente algo *ao nosso redor*, como em El Paso, ou onde quer que seja." Pegou seu café, no painel do automóvel. "*Tem* que ser isso", ela insistiu. "Não pode ser coincidência essa história de todas as mulheres de Stepford estarem desse jeito. E algumas daquelas com quem conversamos *devem* ter pertencido àquele clube. Alguns anos atrás, elas *estavam aplaudindo a Betty Friedan*, e dê só uma olhada nelas agora. *Elas também mudaram.*"

Joanna comeu a batata frita e deu uma mordida no sanduíche. Bobbie deu uma mordida no sanduíche e tomou um gole do café.

"Alguma coisa *tem*", afirmou Bobbie. "No solo, na água, no ar — não sei. Algo que faz com que as mulheres se interessem só por trabalho doméstico e por mais nada. Quem pode dizer que efeito têm esses produtos químicos? Nem mesmo os *ganhadores de prêmios Nobel* sabem ao certo. Talvez seja algum tipo de efeito hormonal; isso explicaria esses seios fantásticos. Você deve ter notado isso!"

"Claro que já notei", respondeu Joanna. "Toda vez que piso no supermercado, me sinto uma pré-adolescente."

"Por Deus, eu também!", concordou Bobbie, que colocou seu café sobre o painel e pegou algumas batatas fritas do pacote. "Então?"

"Imagino que seja... possível", sugeriu Joanna. "Mas parece tão... absurdo!" Apanhou seu café do painel; ele havia deixado o para-brisa embaçado.

"Não mais absurdo do que em El Paso", retrucou Bobbie.

"Muito mais", argumentou Joanna, "porque só as mulheres são afetadas. O que é que o Dave acha disso tudo?"

"Eu ainda não disse nada pra ele. Achei melhor falar com você primeiro."

Joanna tomou um gole de café. "Bem, está dentro do campo das *possibilidades*. Não me parece nenhuma birutice da sua parte. A coisa a ser feita, acho eu, é escrever uma carta bem eloquente e equilibrada para o governo... endereçada a quem, será? Ao Departamento de Saúde? À Comissão de Meio Ambiente? A qualquer órgão que tenha autoridade para investigar o assunto. Podemos descobrir isso na biblioteca."

Bobbie sacudiu a cabeça. "Hummm... Já *trabalhei* numa repartição do governo; esqueça isso. *Eu* acho que a única coisa a fazer é nos mudarmos. E *então*, aí sim, começar a mandar cartas."

Joanna olhou para ela.

"É isso mesmo", disse Bobbie. "Seja lá o que for que transformou a Charmaine numa *hausfrau*, não vai ter nenhum trabalho extra pra *me* transformar. Nem pra *te* transformar."

"Ora, deixa disso!", exclamou Joanna.

"Existe alguma coisa aqui, Joanna! Não estou de brincadeira! Isto aqui é a Zumbilândia! E a Charmaine se mudou em julho, *eu* me mudei em agosto; e você, em setembro!"

"Tudo bem, estou ouvindo perfeitamente, não precisa gritar."

Bobbie deu uma enorme mordida no cheeseburger. Joanna tomou um gole de café e franziu a testa.

"Mesmo que eu esteja errada", continuou Bobbie, com a boca cheia, "mesmo que não haja nenhum produto químico causando isso" — engoliu — "é aqui que você gostaria mesmo de continuar morando? Cada uma de nós tem uma amiga, você depois de dois meses e eu depois de três. É *esta* a noção que você tem de uma comunidade ideal? Eu fui a Norwood fazer o meu cabelo pra sua festa; vi *uma dúzia* de mulheres afobadas, relaxadas, irritadas e vivas! Me deu vontade de abraçar todas elas!"

"Arranje amigas em Norwood", rebateu Joanna, sorrindo. "Você tem carro."

"Você é tão incrivelmente independente!", respondeu Bobbie e apanhou o café no painel. "Vou pedir ao Dave para nos mudarmos. Vendemos a casa aqui e compramos outra em Norwood ou em Eastbridge; isso vai nos trazer algumas dores de cabeça, alguns incômodos e despesas com a mudança — por isso, se ele insistir, eu ponho minhas joias no prego."

"Você acha que ele vai concordar?"

"É melhor concordar, ou a vida dele vai ficar bem difícil. Eu quis comprar uma casa em Norwood desde sempre, mas ele disse que lá havia muita gente esnobe. Bem, melhor ser esnobada que envenenada pelo que estiver acontecendo aqui. Assim, muito em breve, você vai ficar sem nenhuma amiga — a menos que *você* fale com o Walter."

"Sobre nos *mudarmos*?"

Bobbie assentiu. Tomou um gole de café, olhando para Joanna.

Joanna balançou a cabeça. "Eu não poderia pedir a ele para nos mudarmos de novo."

"Por que não? Ele quer te ver feliz, correto?"

"Não me parece que eu esteja infeliz. E acabei de organizar o quarto escuro."

"Tá", concordou Bobbie, "continue aqui. Você vai acabar ficando como a sua vizinha."

"Bobbie, *não pode* ser uma substância química. Quer dizer, até *poderia* ser; mas, sinceramente, não acredito nisso. Sinceramente."

Continuaram conversando sobre o assunto enquanto terminavam de comer. Em seguida, subiram a estrada Eastbridge e entraram na Rodovia 9. Passaram pelo shopping, pelas lojas de antiguidades e chegaram às fábricas.

"Ala dos Envenenadores", brincou Bobbie.

Joanna olhou para os edifícios baixos, modernos e impecáveis, afastados da estrada e separados uns dos outros por largas faixas de gramado: Sistemas Ópticos Ulitz (onde Herb Sundersen trabalhava), CompuTech (Vic Stavros; ou ele trabalhava na Instatron?), Bioquímicos Stevenson, Computadores Haig-Darling e Microtécnica Burnham-Massey (Dale Coba — eca! — e Claude Axhelm), Instatron e Reed & Saunders (Bill McCormick — como estaria Marge?), Eletrônicos Vesey e AmeriChem-Willis.

"Aposto cinco mangos que é pesquisa com gás paralisante."

"Numa área tão *populosa*?"

"Por que não? Com aquela gangue em Washington..."

"Ah, fala *sério*, Bobbie!"

WALTER PERCEBEU QUE ALGUMA COISA A PERTURBAVA E PERGUNTOU o que estava acontecendo. "Você tem que trabalhar nesse acordo Koblenz", respondeu ela.

"Sim, mas tenho o fim de semana inteiro livre. Vamos lá, o que está acontecendo?", insistiu ele.

Então, enquanto limpava os pratos e os colocava na lavadora, ela lhe contou sobre o desejo de Bobbie de se mudar e de sua "teoria El Paso".

"Isso me parece um exagero muito grande", observou ele.

"Também achei", continuou ela. "Mas as mulheres realmente parecem se transformar por aqui, e elas se transformam em algo terrivelmente enfadonho. Se a Bobbie se mudar e se a Charmaine não voltar à sua antiga personalidade, que pelo menos era..."

"*Você* quer se mudar?", perguntou ele.

Ela o encarou, insegura. Os olhos azuis do marido, esperando por sua resposta, não davam nenhum sinal de seus sentimentos. "Não", respondeu, "não agora, que já estamos instalados. A casa é boa... mas, sim, tenho certeza de que eu seria mais feliz em Eastbridge ou em Norwood. Uma pena nós não termos dado uma olhada em nenhum desses lugares."

"*Eis aí* uma resposta inequívoca", comentou ele, sorrindo. "*Sim* e *não*."

"Quarenta por cento 'sim', e sessenta por cento 'não'", explicou ela.

Ele, que estava reclinado sobre o balcão, endireitou o corpo. "Tudo bem", disse, "se o sim atingir cem por cento, nós nos mudaremos."

"Você toparia?", perguntou ela.

"Claro", respondeu ele. "Se você estivesse se sentindo realmente infeliz. Mas não gostaria que fosse durante o ano letivo..."

"Não, não, claro que não."

"Mas poderíamos ir no próximo verão. Acho que não perderíamos alguma coisa, exceto tempo e os custos da mudança e do contrato de venda."

"Foi isso o que a Bobbie disse."

"Então, é só uma questão de você se decidir." Ele olhou para o relógio de pulso e saiu da cozinha.

"Walter!", chamou ela, enxugando as mãos em uma toalha.

"Oi!"

Joanna foi até onde podia vê-lo, parado no corredor. "Obrigada", agradeceu ela, sorrindo. "Agora me sinto bem melhor."

"É você quem tem que ficar aqui o dia inteiro, não eu", retrucou ele, sorrindo, e dirigiu-se para o escritório.

Ela o acompanhou com o olhar; então, virou-se e, pela portinhola, deu uma espiada na sala de visitas. Pete e Kim estavam sentados no chão assistindo à TV — surpreendentemente, o presidente Kennedy e o presidente Johnson; não, bonecos iguais a eles. Ela ficou olhando um pouco, voltou para a pia e limpou os pratos que faltavam.

DAVE TAMBÉM ESTARIA DISPOSTO A SE MUDAR NO FINAL DO ANO letivo. "Ele concordou tão facilmente que eu quase desmaiei", contou Bobbie ao telefone, na manhã seguinte. "Só espero que a gente consiga *fazer* isso até junho."

"Beba só água mineral", recomendou Joanna.

"Você acha que não pensei nisso? Acabei de pedir pro Dave trazer algumas garrafas."

Joanna riu.

"Pode rir à vontade", disse Bobbie. "Por alguns *centavos* por dia, é melhor prevenir do que remediar. E vou escrever para o Departamento de Saúde. O único problema é como fazer isso sem parecer uma velhinha que perdeu o juízo. Você me ajuda e depois assina junto?"

"Claro", concordou Joanna. "Dê um pulo aqui mais tarde. O Walter está redigindo um acordo de crédito; talvez ele nos empreste alguns *data venia*."

ELA FEZ COLAGENS DE FOLHAS DE OUTONO COM PETE E KIM, AJUDOU Walter a colocar os painéis de proteção contra tempestades e o encontrou na cidade para um jantar de sócios e esposas — aquela tediosa hipocrisia usual de elogios sobre roupas uns dos outros. Chegou um cheque da agência: 200 dólares por terem usado quatro vezes sua melhor fotografia.

Encontrou-se com Marge McCormick no supermercado — sim, ela tivera uma virose, mas agora estava muito bem, obrigada —, com Frank Roddenberry na loja de ferragens — "Olá, Joanna, c-como v-vai você?" — e com a senhora do Comitê de Boas-Vindas, bem do lado de fora. "Uma família de negros vai se mudar para rua Gwendolyn. Mas considero isso *bom*, você não concorda?"

"Concordo, sim."

"Tudo pronto para o inverno?"

"Agora, sim." Sorrindo, ela mostrou um saco de alpiste que acabara de comprar.

"Está bonito aqui!", comentou a senhora do Comitê de Boas-Vindas. "Você é fotógrafa amadora, não é? Deve estar se esbaldando aqui!"

Ela telefonou para Charmaine e a convidou para almoçar. "Não posso, Joanna, sinto muito", respondeu Charmaine. "Tenho tantas coisas a fazer aqui em casa! Você sabe como é..."

CLAUDE AXHELM APARECEU NUM SÁBADO À TARDE — PARA VER

Joanna, e não Walter. Ele trazia uma maleta consigo.

"Tenho um projeto no qual trabalho nas minhas horas vagas", explicou ele, andando em círculos na cozinha, enquanto ela lhe preparava uma xícara de chá. "Você, provavelmente, já ouviu falar dele. Tenho pedido às pessoas que gravem para mim uma fita cassete com uma relação de palavras e de sílabas. Os homens gravam lá em cima, no casarão, e as mulheres gravam em suas casas."

"Ah, sim", disse ela.

"Eles me contam onde nasceram", ele continuou a explicação, "e todos os lugares em que moraram e por quanto tempo." Ele percorria a cozinha, tocando os puxadores dos armários. "Futuramente, vou alimentar um computador com tudo isso, cada fita com seus dados geográficos. Com amostras suficientes, vou poder alimentar uma fita *sem* os dados." Ele correu o dedo ao longo de um friso do balcão, olhando para ela com os olhos brilhantes. "Talvez até mesmo uma fita muito *curta,* umas poucas palavras ou uma frase — e o computador vai ser capaz de apresentar um perfil geográfico dessa pessoa, onde ela nasceu e viveu. Um tipo de Henry Higgins eletrônico. Mas não só como um dublê; vejo esse trabalho como algo que pode ser útil em investigações policiais."

"Minha amiga Bobbie Markowe...", comentou Joanna.

"A esposa do Dave, claro."

"... ficou com laringite depois de gravar para você."

"Porque ela gravou muito rápido", justificou Claude. "Fez tudo em duas noites. Você não tem que gravar assim tão rápido. Eu deixo o gravador; pode levar o tempo que desejar. Você gravaria? Seria uma grande ajuda para mim."

Walter entrou, vindo do pátio; tinha estado lá fora com Pete e Kim queimando folhas. Ele e Claude trocaram um "olá" e um aperto de mãos. "Sinto muito", Walter disse para Joanna. "Eu me esqueci de avisar que o Claude viria aqui conversar com você. Será que vai poder colaborar com ele?"

"Eu tenho tão pouco tempo disponível!", respondeu ela.

"Grave nos momentos livres", insistiu Claude. "Não tem problema se demorar algumas *semanas*."

"Bem, se você não se importar de deixar o gravador aqui tanto tempo..."

"E, em troca, você recebe um presente", argumentou Claude, abrindo a maleta sobre a mesa. "Vou deixar uma fita extra, para você gravar canções de ninar ou qualquer outra coisa que goste de cantar para as crianças, e eu passo tudo para um disco. Se você sair uma noite, a babá pode tocar esse disco."

"Ah, isso seria ótimo!", exclamou ela, e Walter sugeriu "Você poderia cantar a 'Canção de Boa Noite' e aquela 'Bom Dia, Brilho da Estrela'."

"O que você quiser", completou Claude. "Quanto mais, melhor."

"Vou voltar lá para fora", despediu-se Walter. "O fogo ainda está aceso. Até mais, Claude."

"Certo", retrucou Claude.

Joanna serviu o chá de Claude, e ele lhe mostrou como inserir a fita e usar o gravador, que era bem bacana, com estojo de couro preto. Ele deixou com ela oito caixas amarelas com as fitas, e um fichário preto de anéis.

"Puxa vida, quanta coisa!", exclamou ela, folheando as páginas amassadas e remendadas, datilografadas em colunas triplas.

"Vai bem rápido", explicou Claude. "Basta pronunciar cada palavra de modo bem claro, com voz normal, e dar uma pausa antes da próxima. E observe se esse ponteiro está indicando sempre o vermelho. Quer testar uma vez?"

PASSARAM O JANTAR DE AÇÃO DE GRAÇAS COM O IRMÃO DE WALTER, Dan, e sua família. Organizado pela mãe deles, tinha o objetivo de promover uma reconciliação — fazia um ano que os irmãos não se falavam por causa de uma discussão sobre o patrimônio do pai —, mas a discussão acabou estourando de novo, e o ressentimento mútuo cresceu, já que o patrimônio tinha se valorizado. Walter e Dan gritaram, a mãe gritou mais ainda, e Joanna teve de inventar desculpas esfarrapadas para Pete e Kim, no carro, enquanto voltavam para casa.

Ela tirou fotografias do filho mais velho de Bobbie, Jonathan, usando seu microscópio, e de trabalhadores numa plataforma elevada podando árvores na estrada Norwood. Estava tentando organizar um portfólio de pelo menos uma dúzia de fotos de primeira qualidade — para persuadir a agência a firmar um contrato.

A PRIMEIRA NEVE CAIU NUMA NOITE EM QUE WALTER ESTAVA NA Associação Masculina. Ela assistia àquele momento da janela do escritório: o escasso pó de um branco brilhante, rodopiando sob a luz do poste, depositando-se na calçada. Nada que correspondesse a algo impressionante. Mas ia nevar mais. Diversão, boas fotos — e o incômodo das botas e casacos de neve.

Do outro lado da rua, na janela da sala de estar dos Claybrook, Donna Claybrook estava sentada, lustrando o que parecia ser um troféu de atletismo, esfregando-o com movimentos firmes e mecânicos. Joanna olhou-a e balançou a cabeça. *Elas nunca param, essas espantosas esposas de Stepford*, pensou.

A frase pareceu ser o primeiro verso de um poema.

Elas nunca param, essas espantosas esposas de Stepford. Elas não-sei-o-quê *pela vida afora.* Trabalhando como robôs. Sim, está perfeito. *Trabalhando como robôs pela vida afora.*

Sorriu. Ia tentar enviar *aquilo* para o *Crônica*.

Foi até a escrivaninha, sentou-se na cadeira e pegou a caneta que havia deixado como marcador sobre uma página datilografada. Ficou ouvindo por um momento — silêncio no segundo andar — e ligou o gravador. Com o dedo na página, ela se inclinou em direção ao microfone, encostado no desenho emoldurado que Ike Mazzard fizera dela. "Tal. Tala. Talco", ela pronunciou as palavras. "Talento. Talentoso. Talha. Talhar. Talharim. Talhe. Talher. Talheres. Talho."

The Stepford Wives Mulheres Perfeitas
Ira levin

SÓ SE MUDARIA, ISSO JÁ DECIDIRA, SE ENCONTRASSE UMA CASA absolutamente perfeita; uma casa que, além de ter o número certo de cômodos do tamanho certo, praticamente não precisasse ser redecorada e que já contasse com um quarto escuro ou algo bem próximo a isso. E que não custasse mais do que o valor que haviam desembolsado (e que ainda poderiam reaver, Walter estava seguro quanto a isso) pela casa de Stepford.

Era uma considerável exigência, e ela não estava disposta a perder muito tempo tentando cumpri-la. Então, numa luminosa manhã no início de dezembro, saiu com Bobbie à procura de casas.

Bobbie tinha estado procurando casas *todas* as manhãs — em Norwood, Eastbridge e New Sharon. Tão logo achasse alguma adequada — e ela era bem mais flexível em termos de exigências do que Joanna —, pressionaria Dave para que se mudassem de imediato, mesmo que os meninos tivessem de trocar de escola no meio do ano letivo. "Melhor que tenham uma pequena interrupção na vida escolar do que uma mãe que virou zumbi", disse ela. Bobbie estava realmente bebendo água mineral e não comia nenhum produto produzido na localidade. "Você pode comprar oxigênio engarrafado, sabia, né?", comentou Joanna.

"Ah, vá se catar! Já posso te ver comparando Ajax com o seu limpador atual."

Essas buscas por casas convenceram Joanna a procurar mais a sério; as mulheres que conheceram — donas de casa de Eastbridge e uma corretora de imóveis chamada Kirgassa — tinham vivacidade, eram alegres e espirituosas, o que evidenciava o contraste entre as apáticas mulheres de Stepford. E Eastbridge oferecia uma ampla variedade de atividades comunitárias para mulheres, e também para mulheres e homens. Havia, inclusive, uma sede da Organização Nacional de Mulheres em desenvolvimento. "Por que vocês não procuraram casas aqui antes de procurar lá?", perguntou a srta. Kirgassa, que, de carro, descia uma estrada em zigue-zague, numa velocidade assustadora.

"Meu marido tinha ouvido falar de...", comentou Joanna agarrando o puxador da porta do carro, olhando para a estrada e pisando em freios imaginários.

"Tudo lá está *morto*. Temos muito mais vida aqui."

"Mas seria bom poder voltar lá ainda viva, para empacotar as coisas", declarou Bobbie, do banco de trás.

A srta. Kirgassa deu uma risada selvagem. "Nessas estradas eu consigo dirigir de olhos vendados", vangloriou-se ela. "Quero mostrar a vocês mais dois lugares depois deste."

Quando retornavam a Stepford, Bobbie comentou: "Esse é o negócio ideal pra mim. Vou ser corretora, acabo de decidir. Você sai, conhece pessoas e pode espiar o armário de todo mundo. E pode definir o seu próprio horário de trabalho. Estou falando sério, vou descobrir quais são os requisitos".

Receberam uma carta do Departamento de Saúde, com duas páginas. Asseguravam que o interesse delas pela proteção do meio ambiente era compartilhado por ambos os governos, o estadual e o municipal. As instalações das indústrias de todo o estado estavam sujeitas a estritos regulamentos antipoluição, como os discriminados "na lista abaixo...". Eles eram mantidos não só por meio de frequentes inspeções das próprias instalações, mas também por uma análise periódica de amostras do solo, da água e do ar. Não havia nenhum indício de poluição nociva na área de Stepford, nem da presença de algum reagente químico natural que pudesse produzir um efeito sedativo ou depressivo. Elas podiam ficar certas de que sua preocupação não tinha fundamento, mas, mesmo assim, agradeciam pela carta.

"Que besteira", exclamou Bobbie e permaneceu fiel à água mineral. Levava sempre uma garrafa térmica com café toda vez que ia visitar Joanna.

WALTER ESTAVA DEITADO DE LADO, DE COSTAS PARA JOANNA, quando esta saiu do banheiro. Ela se sentou na cama, apagou o abajur e deitou-se sob o cobertor. Ficou deitada de costas, olhando para o desenho do teto acima dela.

"Walter!"

"Humm."

"Foi bom, pelo menos?", perguntou ela. "Para você?"

"Claro que foi", respondeu ele. "Não foi pra você?"

"Foi."

Ele não disse mais nada.

"Tenho a impressão de que você já não tem gostado", desabafou ela. "Nessas poucas vezes, ultimamente."

"Não", retrucou ele. "Tem sido bom. Como sempre."

Ela continuava deitada, olhando para o teto. Pensou em Charmaine, que não deixava que Ed a pegasse (ou ela mudara quanto a *isso* também?), e lembrou-se dos comentários de Bobbie sobre as ideias estranhas de Dave.

"Boa noite", disse Walter.

"Tem alguma coisa", perguntou ela, "que eu... não faço e que você gostaria que eu fizesse? Ou que eu *faço* e que você gostaria que eu não fizesse?"

Ele permaneceu calado e, então, falou: "Gosto de tudo que *você* deseje fazer, só isso". Ele se virou e, apoiado no cotovelo, olhou para ela. "De verdade", reforçou e sorriu. "Está ótimo. Talvez eu ande meio cansado ultimamente, por causa das viagens a trabalho." Beijou-a no rosto. "Tente dormir."

"Você está... tendo um caso com a Esther?"

"Ah, pelo amor de Deus! Ela está saindo com um cara dos *Panteras Negras*. Eu não estou tendo caso com ninguém."

"Um Pantera Negra?"

"Foi isso o que a secretária do Don contou para *ele*. Nós nem mesmo *conversamos* sobre sexo; só o que eu faço é corrigir os erros ortográficos dela. Sem essa, vamos dormir." Deu mais um beijo no rosto dela e virou-se para o outro lado.

Ela se deitou de bruços e fechou os olhos. Mudou de posição e se mexeu, tentando encontrar uma posição confortável.

FORAM ASSISTIR A UM FILME NUM CINEMA EM NORWOOD, COM

Bobbie e Dave, e passaram a noite com eles, na frente da lareira jogando Banco Imobiliário, em clima descontraído.

No sábado à noite, caiu uma neve pesada, e Walter desistiu de assistir ao seu futebol americano de domingo à tarde. Não muito feliz, levou Pete e Kim para andarem de trenó no Monte Winter, enquanto Joanna foi de carro até New Sharon, onde tirou fotos — um rolo e meio de filme colorido, numa reserva de pássaros.

Pete ganhou o papel principal na peça de Natal de sua turma; e Walter, a caminho de casa certa noite, ou perdeu a carteira, ou foi furtado.

Joanna levou dezesseis fotos à agência. Bob Silverberg, o cara com quem ela tratava lá, elogiou-as muito, mas informou que, naquele momento, a agência não estava assinando contratos com *ninguém*. Ele guardou as fotos, dizendo que a avisaria, dentro de um ou dois dias, se sentisse que algumas delas eram comercializáveis. Desapontada, Joanna almoçou com uma velha amiga, Doris Lombardo, e fez algumas compras de Natal para seus pais e para Walter.

DEZ DAS FOTOGRAFIAS FORAM DEVOLVIDAS, INCLUINDO "PERÍODO DE

Descanso", que, sem hesitar, ela decidiu inscrever no concurso seguinte da *Saturday Review*. Entre as seis que a agência havia conservado e que iria utilizar, estava "Estudante", foto de Jonny Markowe com seu microscópio. Telefonou para Bobbie e contou: "Vou dar a ele 10% do valor que eu vier a receber".

"Quer dizer que já podemos parar de dar mesada pra ele?"

"Não exatamente. Minhas melhores fotografias renderam até agora pouco mais de mil dólares, mas as outras duas, só 200 cada."

"Bem, não está nada mal para um garoto que se parece com Peter Lorre", disse Bobbie. "Quero dizer *ele*, e não *você*. Escute, eu ia te ligar. Será que podemos deixar o Adam com vocês no fim de semana? Ficariam com ele?"

"Claro", ela respondeu. "O Pete e a Kim adorariam. Por quê?"

"O Dave teve uma ideia brilhante; vamos ter um fim de semana sozinhos. Só nós dois. Uma segunda lua de mel."

Joanna foi tomada por uma sensação familiar; *déjà-vu*. Descartou a sensação. "Que ótima ideia", exclamou.

"Já conseguimos lugar na vizinhança para o Jonny e o Kenny", completou Bobbie, "mas achei que o Adam iria se divertir mais na sua casa."

"Claro", concordou Joanna. "Vai ser mais fácil manter o Pete e a Kim longe dos cabelos um do outro. O que vocês vão fazer? Vão até a cidade?"

"Não, vamos apenas ficar aqui. E isolados pela neve, tomara. Vou levá-lo amanhã, depois da escola, e buscá-lo no domingo à noite, certo?"

"Está bem. E como vai a procura de casas?"

"Não muito bem. Nesta manhã, eu vi uma linda em Norwood, mas não vai ser desocupada antes do dia primeiro de abril."

"Então, fique na fila."

"Não, obrigada. Vamos sair pra conversar?"

"Não posso; eu *tenho* que fazer uma limpeza. De verdade."

"Viu só? Você está mudando. A magia de Stepford já começou a agir."

UMA MULHER NEGRA, COM UM CACHECOL ALARANJADO E UM CASACO listrado de pele sintética esperava no balcão da biblioteca, com as pontas dos dedos pousadas sobre uma pilha de livros. Ela deu uma olhada em Joanna, fez um meneio com a cabeça e esboçou um sorriso; em resposta, Joanna também a cumprimentou com a cabeça e esboçou um sorriso; a mulher desviou o olhar — para a cadeira vazia atrás do balcão e para as estantes de livros, atrás da cadeira. Ela era alta, tinha a pele morena, o cabelo cortado bem rente e grandes olhos castanhos — exóticos e atraentes. Uns 30 anos.

Joanna, dirigindo-se ao balcão, tirou as luvas e pegou um cartão no bolso. Olhou para a plaquinha com o nome de srta. Austrian sobre o balcão e para os livros sob os dedos finos e longos da mulher negra que estava a alguns metros de distância. *Uma Cabeça Decepada*, de Iris Murdoch, em cima de *Eu Sei Por Que o Pássaro Canta na Gaiola* e *O Mago*. Joanna olhou para o cartão; o livro *Para Além da Liberdade e da Dignidade*, de Skinner, ficaria emprestado para ela até o dia 12 de novembro. Teve vontade de dizer algo simpático e caloroso — aquela mulher possivelmente era a esposa ou a filha da família negra que a senhora do Comitê de Boas-Vindas tinha mencionado —, mas não queria parecer uma branca paternalista e liberal. Será que ela diria alguma coisa se a mulher *não fosse* negra? Sim, numa situação como aquela ela... "Nós poderíamos levar tudo que tem aqui, se quiséssemos", disse a mulher; Joanna sorriu para ela e respondeu: "E deveríamos mesmo; pra ensinar a responsável a permanecer no trabalho". Ela sinalizou com a cabeça em direção ao balcão.

A mulher sorriu. "É sempre vazia assim?", perguntou.

"Nunca tinha visto *desse* jeito antes", retrucou Joanna. "Mas só tenho vindo de tarde e aos sábados."

"Você é nova em Stepford?"

"Três meses."

"Três *dias* pra mim", revelou a mulher.

"Espero que goste daqui."

"Acho que vou gostar."

Joanna estendeu a mão. "Sou Joanna Eberhart", disse, sorrindo.

"Ruthanne Hendry", apresentou-se a mulher, sorrindo também e apertando a mão de Joanna.

Joanna virou a cabeça e semicerrou os olhos. "Eu *conheço* esse nome. Já o vi em algum lugar."

A mulher sorriu. "Você tem filhos pequenos?"

Joanna assentiu, curiosa.

"Escrevi um livro para crianças, *Penny Tem um Plano*", afirmou a mulher. "Eles têm o livro aqui; a primeira coisa que eu fiz foi conferir no catálogo."

"É *claro*!", exclamou Joanna. "A Kim o retirou faz umas duas semanas! E adorou! Eu também; é tão bom encontrar um livro em que uma menina *faz* algo de verdade, que não seja preparar chá pra suas bonecas!"

"Propaganda sutil", comentou Ruthanne Hendry, sorrindo.

"Você também fez as ilustrações", retrucou Joanna. "São maravilhosas."

"Obrigada."

"Está escrevendo mais um?"

Ruthanne Hendry assentiu. "Já tenho um esboçado. Assim que nos instalarmos, vou começar a trabalhar nele pra valer."

"Sinto muito", desculpou-se a srta. Austrian, que veio mancando do fundo da sala. "É tudo tão quieto aqui de manhã que eu...", ela parou, piscou e continuou mancando, "... fico trabalhando no escritório. Tenho de arranjar uma daquelas campainhas em que as pessoas dão umas batidinhas. Olá, sra. Eberhart!" Sorriu para Joanna e para Ruthanne Hendry.

"Olá", respondeu Joanna. "Esta é uma de suas autoras. *Penny Tem um Plano*. Ruthanne Hendry."

"Ah, é?" A srta. Austrian sentou-se pesadamente na cadeira apoiando nela os braços, de mãos gorduchas e rosadas. "É um livro muito popular", afirmou. "Temos dois exemplares circulando, e ambas as retiradas foram renovadas."

"Estou *gostando* desta biblioteca", elogiou Ruthanne Hendry. "Posso me cadastrar?"

"A senhora mora em Stepford?"

"Sim, acabo de me mudar pra cá."

"Então, seu cadastro é muito bem-vindo", declarou a srta. Austrian. Ela abriu uma gaveta, tirou um cartão em branco e o colocou ao lado da pilha de livros.

NO BALCÃO DA LANCHONETE DO CENTRO, QUE ESTAVA VAZIA, COM exceção de dois funcionários da companhia telefônica, Ruthanne mexia seu café e, olhando para Joanna, perguntou: "Me diga uma coisa, sinceramente: houve muita reação ao fato de termos comprado uma casa aqui?".

"Nenhuma que eu saiba", esclareceu Joanna. "Nada provoca grandes reações nesta cidade. Não há um lugar onde as pessoas realmente se encontrem, a não ser a Associação Masculina."

"*Eles são* legais", afirmou Ruthanne. "O Royal vai se juntar a eles amanhã à noite. Mas as *mulheres* da vizinhança..."

"Ah, escute", interrompeu Joanna. "Isso não tem nada a ver com *cor*, acredite em mim. Elas são desse jeito com todo mundo. Não têm tempo pra tomar um café, certo? Obcecadas por seus afazeres domésticos."

Ruthanne assentiu. "Por mim, isso pouco importa. Sou muito autossuficiente; do contrário, não teria nem feito a mudança. Mas eu..."

Joanna lhe contou sobre as mulheres de Stepford e como Bobbie estava até planejando se mudar dali para evitar tornar-se como elas.

Ruthanne sorriu. "Não existe *nada* que possa *me* transformar numa *hausfrau*. Se *elas* são assim, tudo bem. Eu só estava preocupada que essa questão tivesse a ver com cor, por causa das meninas." Ruthanne tinha duas filhas, de 4 e de 6 anos; seu marido, Royal, era diretor do Departamento de Sociologia de uma das universidades da cidade. Joanna falou sobre Walter, Pete e Kim e sobre suas fotografias.

Trocaram números de telefone. "Eu virei uma eremita enquanto estava escrevendo o *Penny*", comentou Ruthanne, "mas, mais cedo ou mais tarde, eu telefono pra você."

"Eu vou telefonar pra *você*", afirmou Joanna. "Se estiver ocupada, é só me dizer. Quero que conheça a Bobbie; tenho certeza de que vão gostar uma da outra."

Quando se dirigiam a seus carros — elas os haviam deixado em frente à biblioteca —, Joanna viu Dale Coba observando-a de longe. Ele estava em pé, com um carneiro nos braços, ao lado de um grupo de homens que armavam um presépio perto da Sociedade Histórica. Ela o cumprimentou com um movimento da cabeça, e ele, segurando o carneiro, que parecia vivo, também acenou com a cabeça e sorriu.

Joanna contou a Ruthanne quem ele era e lhe perguntou se ela sabia que Ike Mazzard vivia em Stepford.

"Quem?"

"Ike Mazzard, o ilustrador."

Ruthanne nunca tinha ouvido falar nele, o que fez com que Joanna se sentisse muito velha. Ou muito branca.

RECEBER ADAM NO FIM DE SEMANA FOI UMA FACA DE DOIS GUMES.

No sábado, ele, Pete e Kim brincaram lindamente juntos, sem problemas, dentro e fora da casa; mas, no domingo, um dia gélido e nublado em que Walter requisitou a sala de estar para ver seu futebol (perfeitamente justo, após a corrida de trenó do domingo anterior), Adam e Pete se transformaram, nessa ordem, em soldados num forte construído com um cobertor em cima da mesa de jantar, exploradores no porão ("Não entrem no quarto escuro!") e personagens de *Star Trek*, no quarto de Pete — todos, estranhamente, voltados contra um único inimigo comum chamado Kim-Cara-de-Fim. Estavam ambos sempre alerta, preparando sonoros e sarcásticos ataques, e a pobre Kim *fazia* mesmo uma "cara de fim", desejando exclusivamente brincar com eles, sem querer desenhar com os lápis de cera, nem ajudar a arquivar os negativos, e nem mesmo — Joanna estava desesperada — fazer biscoitos. Adam e Pete ignoravam as ameaças, Kim ignorava os tentadores convites, e Walter ignorava tudo.

Joanna ficou feliz quando Bobbie e Dave vieram apanhar Adam.

Mas também se sentiu feliz por ter ficado com ele, quando viu como o casal estava bem. Bobbie tinha feito um belo penteado e estava absolutamente maravilhosa — fosse pela maquiagem, fosse por terem transado, provavelmente pelos dois motivos. E Dave parecia animado, elétrico e feliz. Trouxeram uma onda de frio para dentro do hall. "Oi, Joanna, como foi?", perguntou Dave, esfregando as mãos protegidas por luvas de couro. E Bobbie, envolta em seu casaco de pele de guaxinim, disse: "Espero que o Adam não tenha dado muito trabalho".

"Nem um pouco", retrucou Joanna. "Vocês estão com umas caras ótimas, os dois!"

"Estamos *ótimos* mesmo", confirmou Dave, e Bobbie sorriu e emendou: "Foi um fim de semana maravilhoso. Obrigada por terem nos ajudado a desfrutá-lo".

"Ora, esqueça", disse Joanna. "Vou deixar o Pete com *vocês* um desses fins de semana."

"Ficaremos contentes em recebê-lo", declarou Bobbie, e Dave acrescentou: "Sempre que quiserem, é só dizer. *Adam! Hora de ir!*".

"Ele está lá em cima, no quarto do Pete."

Dave, juntando as mãos enluvadas em concha, gritou: "*A-dam! Chegamos! Pegue as suas coisas!*".

"Tirem os casacos", disse Joanna.

"Não, obrigado. Temos que apanhar o Jon e o Kenny ainda", explicou Dave, e Bobbie completou: "Tenho certeza de que vocês querem um pouco de paz e de silêncio. Deve ter sido um caos".

"Bem, não foi o mais *tranquilo* dos domingos", declarou Joanna. "Mas ontem foi perfeito."

"Olha só!", exclamou Walter, voltando da cozinha com um copo na mão.

"Olá, Walter!", cumprimentou Bobbie, e Dave disse: "Ei, meu camarada!".

"Que tal a segunda lua de mel?", perguntou Walter.

"Melhor que a primeira", revelou Dave. "Só que mais curta, foi isso." Dave deu um largo sorriso para Walter.

Joanna olhou para Bobbie, esperando que ela dissesse alguma coisa engraçada. Bobbie sorriu para ela e olhou em direção à escada. "Olá, docinho", ela cumprimentou o filho. "Foi bom o fim de semana?"

"Não quero ir embora", reclamou Adam, em pé, inclinando-se para manter sua sacola fora da escada. Pete e Kim estavam atrás dele. Kim perguntou: "Ele pode ficar mais uma noite?".

"Não, querida, amanhã tem escola", explicou Bobbie. "Vamos embora, camarada, temos que buscar o resto da gangue", acrescentou Dave.

Desanimado, Adam desceu as escadas, e Joanna foi até o armário pegar o casaco e as botas do garoto. "Ei", chamou Dave, "tenho umas informações sobre aquelas ações de que você me perguntou." Walter respondeu: "Ah, que ótimo", e foi com Dave para a sala de visitas.

Joanna entregou o casaco de Adam para Bobbie, que agradeceu e o segurou para que Adam o vestisse. Ele largou a sacola, abriu os braços e os enfiou nas mangas do casaco.

Joanna, segurando as botas de Adam, perguntou: "Quer uma sacola pra colocar as botas?".

"Não, não se incomode", respondeu Bobbie. Ela virou Adam de frente e o ajudou com os botões.

"Você está com cheiro bom", afirmou ele.

"Obrigada, docinho."

Ele olhou para o teto e, então, para a mãe. "Não gosto que você me *chame* assim", reclamou ele. "Antes eu *gostava*, mas agora não gosto mais."

"Desculpa. Não vou mais chamar." Sorriu para ele e beijou-o na testa.

Walter e Dave saíram da sala de visitas, Adam pegou sua sacola e se despediu de Pete e de Kim. Joanna deu as botas de Adam para Bobbie e deu um beijinho no rosto da amiga. Bobbie ainda a tratava com frieza e, *de fato*, tinha um cheiro bom. "Nos falamos amanhã", despediu-se Joanna.

"Claro", respondeu Bobbie, sorrindo. Trocaram sorrisos. Em seguida, Bobbie se dirigiu para a porta, onde estava Walter, e ofereceu-lhe o rosto para um beijo. Ele hesitou — Joanna não entendeu por quê — e deu-lhe um beijinho.

Dave beijou Joanna e deu um tapinha no braço de Walter. "Até mais, camarada", ele disse e foi levando Adam para fora, atrás de Bobbie.

"Já podemos ir para a sala de estar?", perguntou Pete.

"É toda sua", respondeu Walter.

Pete saiu correndo, e Kim saiu atrás dele.

Joanna e Walter permaneceram ali na fria vidraça da porta de isolamento, vendo Bobbie, Dave e Adam se dirigirem para o carro.

"Sensacional", exclamou Walter.

"Eles estão maravilhosos, não achou?", comentou Joanna. "Ela não estava tão bonita assim nem na nossa festa. Por que você hesitou em beijar a Bobbie?"

Walter não disse nada. Em seguida, respondeu: "Ah, sei lá, esses *beijinhos*. Parece tudo tão teatral!".

"Nunca percebi essas suas objeções antes."

"Então, eu mudei, acho que foi isso", afirmou ele.

Joanna ficou olhando as portas do carro serem fechadas e os faróis serem acesos. "Que acha de *nós* passarmos um fim de semana sozinhos?", sugeriu ela. "Eles ficariam com o Pete, já disseram que sim, e estou certa de que os Van Sant ficariam com a Kim."

"Isso seria ótimo", retrucou ele. "Logo depois das festas de fim de ano."

"Ou talvez os Hendry", ela acrescentou. "Eles têm uma menina de 6 anos, e eu gostaria que a Kim convivesse com uma família de pessoas negras."

O carro deu a partida e se foi, com os faróis traseiros vermelhos e brilhantes; Walter fechou a porta, trancou-a e, com o polegar, apagou as luzes de fora. "Que tal um drinque?", perguntou.

"Quero, sim", assentiu Joanna. "Preciso, depois do dia que tive hoje!"

AHHH, QUE SEGUNDA-FEIRA: TER DE REORGANIZAR O QUARTO DE Pete e arrumar os outros quartos, trocar as roupas de cama, lavar a roupa (claro que ela havia deixado que se formasse uma pilha), fazer a lista de compras para o dia seguinte e ter de encompridar três calças de Pete. Era isso o que estava *fazendo*; não importava o que *mais* tinha que ser feito — as compras de Natal, os cartões de Natal que tinham que ser endereçados, a preparação da fantasia de Pete para a peça de teatro ("Grata por *isso*, srta. Turner"). Bobbie não telefonou, graças a Deus; não era um dia para muita conversa fiada. *Será que ela estava certa?*, Joanna ficou pensando. *Será que estou mudando?* Não, diabos; o trabalho doméstico *tinha* que ser colocado em dia de vez em quando, ou a casa se transformaria em — bem, na casa de *Bobbie*. Além disso, uma autêntica esposa de Stepford enfrentaria tudo com muita calma e eficiência, sem passar o aspirador de pó por cima do fio e nem esmagar os dedos ao tentar desembaraçá-lo.

Joanna passou um sermão em Pete por ele não ter guardado os brinquedos quando terminou de brincar; o menino ficou emburrado por uma hora, sem falar com ela. E Kim estava com tosse.

Walter implorou para ser liberado de seu turno de trabalho na cozinha e saiu correndo para entrar no carro lotado de Herb Sundersen. A Associação Masculina estava bem agitada; projeto de brinquedos de Natal. (Para quem? Havia crianças necessitadas em Stepford? Nunca tinha visto nenhum indício de alguma.)

Cortou um lençol para começar a fantasia de Pete, um boneco de neve, e participou, com Pete e Kim, do jogo de Concentração (Kim só tossiu uma vez, mas vamos manter os dedos cruzados); então, endereçou os cartões de Natal até a letra L e foi para a cama às dez horas. Dormiu lendo o livro de Skinner.

A terça-feira foi melhor. Assim que acabou de limpar a mesa bagunçada do café da manhã e de arrumar as camas, telefonou para Bobbie — ninguém atendeu; por certo, ela estava à procura de casas —, foi de carro até o centro para fazer as compras da semana. Depois do almoço, ela foi ao centro novamente, tirou fotos do presépio e voltou para casa um pouco antes de o ônibus escolar chegar.

Walter lavou os pratos e *então* foi para a Associação Masculina. Os brinquedos eram para as crianças da cidade, crianças dos bairros pobres e crianças dos hospitais. Reclame *disto*, sra. Eberhart. Ou seria ela ainda sra. Ingalls? Sra. Ingalls-Eberhart.

Depois que Pete e Kim já tinham tomado banho e ido para a cama, telefonou para Bobbie. Era estranho que Bobbie não tivesse telefonado para *ela* durante dois dias inteiros. "Alô!", atendeu Bobbie.

"Quanto tempo, hein?"

"Quem fala?"

"*Joanna*."

"Ah, alô", disse Bobbie. "Como vai você?"

"Bem. E você? Está me parecendo um pouco pra baixo."

"Não, estou bem", afirmou Bobbie.

"Teve sorte hoje de manhã?"

"Como assim?"

"Sobre as casas."

"Fui fazer compras de manhã", revelou Bobbie.

"Por que não me ligou?"

"Fui muito cedo."

"Eu fui lá pelas dez; por pouco não nos encontramos."

Bobbie não disse nada.

"Bobbie!"

"Sim?"

"Tem *certeza* de que você está bem?"

"Absoluta. Estou ocupada passando roupa."

"A esta hora?"

"O Dave precisa de uma camisa para amanhã."

"Ah! Então me ligue de manhã; talvez possamos almoçar juntas. A menos que você vá sair para ver casas."

"Não vou", declarou Bobbie.

"Me liga, então, combinado?"

"Combinado", respondeu Bobbie. "Até logo, Joanna."

"Até logo."

Desligou e ficou sentada, olhando para o telefone e para sua mão pousada nele. Foi tomada por um pensamento — ridículo — de que Bobbie havia se transformado, do mesmo modo que Charmaine. Não, Bobbie, não; impossível. Devia ter brigado com Dave, uma briga bem séria, sobre a qual ainda não tinha condições de falar. Ou será que ela teria ofendido Bobbie de alguma forma e nem havia percebido? Será que no domingo tinha feito algum comentário sobre a estada de Adam que Bobbie tivesse interpretado mal? Mas, não, quando elas se despediram o clima era bem amigável, como sempre, trocando beijinhos e combinando de se telefonarem! (Mesmo assim, agora que ela parava para pensar, Bobbie parecia diferente; ela... não tinha dito o tipo de coisas que geralmente dizia e também andava mais devagar.) Talvez ela e Dave tivessem fumado maconha no fim de semana. Bobbie contara que eles já haviam tentado algumas vezes, sem sentir muito o efeito. Talvez dessa vez...

Endereçou mais alguns cartões de Natal.

Telefonou para Ruthanne Hendry, que foi muito gentil e se mostrou feliz por falar com ela. Conversaram sobre *O Mago*, do qual Ruthanne estava gostando muito, tanto quanto Joanna, e Ruthanne falou-lhe de seu novo livro, uma nova história de Penny. Concordaram em almoçar juntas na semana seguinte. Joanna falaria com Bobbie, e as três iriam ao restaurante francês de Eastbridge. Ruthanne lhe telefonaria na segunda-feira de manhã.

Endereçou mais cartões de Natal e leu o livro de Skinner na cama, até que Walter chegou em casa. "Falei com a Bobbie nesta noite. Ela me pareceu — diferente, desanimada."

"Ela deve estar cansada com toda a correria do dia a dia", respondeu Walter, esvaziando os bolsos de sua jaqueta em cima da cômoda.

"Também me pareceu diferente no domingo", Joanna prosseguiu. "Ela não falou nada de..."

"Ela estava usando um pouco mais de maquiagem, só isso", afirmou Walter. "Você não vai começar com aquela lenga-lenga de reagentes químicos, vai?"

Joanna franziu a testa, pressionando o livro fechado contra os joelhos sob o cobertor. "O Dave mencionou alguma coisa sobre eles terem experimentado maconha?", perguntou ela.

"Não", respondeu Walter, "mas talvez essa seja a resposta."

Fizeram amor, mas ela estava tensa e não conseguiu se entregar realmente, e não foi muito bom.

BOBBIE NÃO TELEFONOU. LÁ POR UMA HORA DA TARDE, JOANNA pegou o carro e foi até a casa da amiga. Os cachorros latiram para ela quando saiu da perua. Estavam presos a uma corrente suspensa atrás da casa, o corgi em pé, sobre as patas traseiras, arranhando o ar e ganindo, e o sheepdog, felpudo e paralisado, dava muitos *au au au au*. O Chevy azul de Bobbie estava estacionado ao lado da casa.

Bobbie, em sua sala de estar imaculada — as almofadas todas afofadas, os móveis de madeira brilhando, as revistas arrumadas sobre a mesa polida atrás do sofá —, sorriu para Joanna e disse: "Sinto muito, estava tão ocupada que nem me lembrei. Você já almoçou? Venha até a cozinha. Eu preparo um sanduíche pra você. O que gostaria?".

Ela estava com o mesmo aspecto do domingo — bonita, de cabelo feito e maquiagem. Usava uma espécie de sutiã com enchimento que levantava os seios sob o suéter verde, e também uma cinta que lhe apertava a cintura sob a saia pregueada marrom.

Em sua cozinha imaculada, ela disse: "Sim, eu mudei. Percebi que estava sendo terrivelmente desleixada e autocomplacente. Não é nenhuma desgraça ser uma boa dona de casa. Decidi cumprir meu dever conscientemente, do mesmo modo que o Dave faz o dele, e ser mais cuidadosa com a minha aparência. Tem certeza de que não quer um sanduíche?".

Joanna sacudiu a cabeça. "*Bobbie!*", exclamou. "Eu... você não está percebendo o que aconteceu? O que quer que exista por aqui pegou *você*, da mesma forma que pegou a Charmaine!"

Bobbie sorriu para ela. "Nada me pegou", afirmou. "Não existe *nada* por aqui. Aquilo tudo foi um monte de besteiras. Stepford é um lugar bom e saudável para se viver."

"Você... já não quer mais se mudar?"

"Ah, não", respondeu Bobbie. "Aquilo era besteira também. Me sinto perfeitamente feliz aqui. Posso, pelo menos, preparar uma xícara de café para você?"

ELA TELEFONOU PARA WALTER NO ESCRITÓRIO. "AH, BOA *TARDE!*", atendeu Esther. "É um prazer falar com a senhora! Deve estar fazendo um dia *lindo* aí, ou a senhora está aqui na cidade?"

"Não, estou em casa", respondeu Joanna. "Posso falar com o Walter, por favor?"

"Infelizmente, no momento ele está numa reunião."

"É importante. Por favor, diga a ele."

"Espere um segundo, então."

Ela esperou, sentada na escrivaninha do escritório, olhando para os papéis e envelopes que tirara da gaveta do meio, para o calendário — Terça-feira, 14 de dezembro, ontem — e para o desenho de Ike Mazzard.

"Ele vai atendê-la agora mesmo, sra. Eberhart", informou Esther. "Nada errado com o Pete ou a Kim, espero."

"Não, eles estão bem."

"Ótimo, devem estar tendo um..."

"Alô!", interrompeu Walter.

"Walter!"

"Alô! O que foi?"

"Walter, quero que você me ouça e não discuta", anunciou ela. "A Bobbie se *transformou*. Estive lá na casa dela. A casa parece... *impecável*, Walter; está *imaculada!* E ela está toda bonita... Escute, você levou as cadernetas bancárias? Estive procurando por elas e não consigo encontrá-las. Walter?"

"Sim, estou com elas", respondeu ele. "Comprei algumas ações, seguindo as recomendações do Dave. Para que você quer as cadernetas?"

"Para conferir quanto temos disponível", afirmou ela. "Tem uma casa em Eastbridge que eu vi que..."

"Joanna!"

"... custa só um pouco mais do que esta, mas..."

"Joanna, me escute."

"Não vou ficar aqui nem mais um..."

"Me escute, diabos!"

Joanna agarrou o telefone. "Continue", disse ela.

"Vou tentar chegar cedo em casa", afirmou ele. "Não faça nada até que eu chegue aí. Está me ouvindo? Não assuma nenhum compromisso com nada. Acho que posso escapar daqui em mais ou menos meia hora."

"Não vou ficar aqui nem mais um dia", sentenciou ela.

"Simplesmente espere até eu chegar aí, está bem?", insistiu ele. "Não podemos falar sobre isso por telefone."

"Traga as cadernetas do banco", pediu ela.

"Não faça nada até que eu chegue aí." O telefone fez o clique de desligado. Ela desligou.

Colocou os papéis e os envelopes de volta na gaveta do meio e a fechou. Então, pegou a lista telefônica da estante e procurou o número da srta. Kirgassa, em Eastbridge.

A casa que tinha em mente, em St. Martin, ainda estava disponível. "Na verdade, acho que o preço até baixou um pouco desde que a senhora a viu."

"Me faria um favor?", pediu Joanna. "Há uma possibilidade de ficarmos com ela; amanhã lhe dou a resposta com certeza. Será que conseguiria descobrir o preço mínimo que eles aceitariam para uma venda imediata, e me comunicar assim que fosse possível?"

"Dou um retorno pra você em seguida", respondeu Kirgassa. "Saberia me informar se a sra. Markowe já encontrou alguma coisa? Tínhamos um horário marcado para hoje de manhã, mas ela não apareceu."

"Ela mudou de ideia, não vai mais se mudar", explicou. "Mas eu vou."

Ligou para Buck Raymond, o corretor que os ajudara em Stepford. "Vamos supor", disse ela, "que decidíssemos colocar à venda a casa amanhã, o senhor acha que a venderíamos rápido?"

"Sem nenhuma dúvida quanto a isso", respondeu Buck. "Há uma demanda constante por aqui. Tenho certeza de que vocês poderiam reaver o valor gasto e, talvez, até um pouco mais. A senhora não está satisfeita com ela?"

"Não", retrucou ela.

"Sinto muito ficar sabendo disso. Devo começar a mostrá-la? Há um casal aqui, agora mesmo, que está..."

"Não, não, ainda não", disse ela. "Amanhã eu o informarei."

"AGORA SOSSEGUE UM MINUTO", PEDIU WALTER, COM AS MÃOS espalmadas, fazendo gestos para ela se acalmar.

"Não", rebateu ela, sacudindo a cabeça. "Não. O que quer que aconteça por aqui leva quatro meses para ter efeito, o que significa que só tenho um mês pela frente. Talvez menos; nós nos mudamos no dia 4 de setembro."

"Pelo amor de Deus, Joanna..."

"A Charmaine se mudou em julho", explicou. "Ela se transformou em novembro. A Bobbie se mudou em agosto e agora estamos em dezembro." Virou-se e foi se afastando dele. A torneira da pia estava pingando; apertou a manopla com força, e ela parou de pingar.

"Vocês *receberam* a carta do Departamento de Saúde", argumentou Walter.

"Besteira, para citar a própria Bobbie." Virou-se e o encarou. "Existe *algo, tem* que existir", insistiu ela. "Vá dar uma olhada. Você faria isso, por favor? Ela está com o busto empinado até aqui, e o traseiro esmagado por uma cinta, reduzido a praticamente nada! A casa parece ter saído de um comercial de TV. Como a casa da Carol, da Donna e a da Kit Sundersen!"

"Ela teria que limpá-la, mais cedo ou mais tarde; parecia um chiqueiro."

"Ela se *transformou*, Walter! Ela não *fala* do mesmo jeito, não *pensa* do mesmo jeito — e eu não vou ficar esperando que isso aconteça comigo!"

"Nós não vamos nos..."

Kim veio do pátio, o rosto vermelho abrigado pelo capuz forrado de pele.

"Fique lá fora, Kim", pediu Walter.

"Queremos algumas comidinhas", falou Kim. "Vamos sair pra uma caminhada."

Joanna pegou a lata de biscoitos, abriu-a e tirou alguns. "Aqui está", disse, colocando-os na mão enluvada de Kim. "Fiquem perto de casa, está escurecendo."

"Podemos pegar um pacote de Oreo?"

"*Não temos* nenhum Oreo. Agora vá."

Kim saiu. Walter fechou a porta.

Joanna limpou as migalhas da mão. "A casa é bem melhor do que essa", comentou ela, "e podemos comprá-la por 53.500 dólares. E conseguimos esse valor na venda desta aqui; foi o Buck Raymond quem disse."

"Nós não vamos nos mudar", declarou Walter.

"Você *disse* que nos mudaríamos!"

"No próximo verão, não..."

"Não serei mais *eu mesma* no próximo verão!"

"Joanna..."

"Você não está entendendo? Vai acontecer *comigo*, em janeiro!"

"*Nada* vai acontecer com você!"

"Foi bem isso o que eu disse pra Bobbie! E ainda ri dela com a coisa da água mineral!"

Ele se aproximou. "Não há nada na água, não há nada no ar. Elas se transformaram exatamente pelas razões que te contaram: porque perceberam que tinham sido preguiçosas e negligentes. Se a Bobbie resolveu cuidar da aparência, já era tempo. E não faria mal a você dar uma olhada num espelho de vez em quando."

Ela o encarou, e ele, ruborizado, desviou o olhar; voltando a encará-la, ele continuou: "É bem isso. Você é uma mulher muito bonita, e nunca faz droga nenhuma consigo mesma, a não ser que haja uma festa ou algo do tipo".

Ele se afastou dela, foi até o fogão e ficou ali, girando um puxador de um lado para o outro.

Ela olhou para ele.

"Vou dizer o que vamos fazer...", continuou Walter.

"Você *quer* que eu me transforme?", perguntou ela.

"Claro que não, não seja boba." Ele deu uma volta.

"É *isso* que você quer?", repetiu ela. "Uma gracinha de uma *hausfrau* toda empetecada?"

"Tudo o que eu disse foi..."

"Era por *isso* que Stepford era o lugar certo para morar? Alguém te deu essa dica? 'Leve-a para Stepford, Wally, meu velho; tem alguma coisa no ar por lá; em quatro meses ela estará transformada'."

"Não tem nada no ar", asseverou Walter. "A dica que eu recebi foi a respeito de boas escolas e de impostos baixos. Agora preste atenção, estou tentando enxergar tudo isso do seu ponto de vista e fazer um julgamento justo. Você quer se mudar porque está com medo de se 'transformar'; e eu acho que você está sendo irracional e — até um pouco histérica e que nos mudarmos a essa altura seria um transtorno desnecessário a todos nós, especialmente ao Pete e à Kim." Ele parou e respirou fundo. "Tudo bem, vamos fazer o seguinte. Você vai conversar com o Alan Hollingsworth e, se ele disser que você está..."

"Com quem?"

"Alan Hollingsworth", repetiu ele. Seus olhos se desviaram dos dela. "O psiquiatra. Você sabe." Os olhos retornaram. "Se ele disser que você não está passando por nenhum..."

"Não preciso de psiquiatra", rebateu ela. "E, se precisasse, não iria no Alan Hollingsworth. Vi a esposa dele na reunião de Pais e Mestres; ela é uma *delas*. Posso *apostar* que me consideraria irracional."

"Então, escolha algum outro", sugeriu ele. "Quem você quiser. Se não estiver passando por nenhum tipo de... delírio ou algo parecido, então vamos nos mudar, assim que for possível. Vou dar uma olhada naquela casa amanhã de manhã e até deixar um depósito adiantado."

"Não preciso de nenhum psiquiatra", repetiu ela. "Preciso é sair de Stepford."

"Agora vamos lá, Joanna", disse ele. "Acho que estou sendo bastante justo. Você está exigindo um grande esforço de todos nós, e eu acho que nos deve, a todos, inclusive a você mesma — *especialmente* a você mesma — a certeza de que está vendo as coisas de um modo tão claro quanto acha."

Ela olhou para ele.

"Então?", perguntou ele.

Ela não disse nada. Olhou para ele.

"Então?", repetiu ele. "Isso não te parece razoável?"

Joanna prosseguiu: "A Bobbie se transformou quando ficou sozinha com o Dave, e a Charmaine se transformou quando estava sozinha com o Ed".

Ele desviou o olhar, balançando a cabeça.

"Será que é isso que vai acontecer *comigo*?", perguntou ela. "No *nosso* fim de semana a sós?"

"Isso foi ideia *sua*", retrucou ele.

"E *você* não teria sugerido o mesmo, se *eu* não tivesse sugerido primeiro?"

"Agora você está *vendo*?", disse ele. "Viu só como está falando? Eu gostaria que você refletisse sobre a minha proposta. Não pode tumultuar toda a nossa vida assim, no calor de um momento. Seria uma insensatez." Ele se virou e saiu da cozinha.

Ela ficou lá, segurou a cabeça com as mãos e fechou os olhos. Ficou nessa posição e depois abaixou as mãos, abriu os olhos e balançou a cabeça. Foi até a geladeira, abriu-a e retirou uma tigela com tampa e uma embalagem com carne.

ELE ESTAVA SENTADO À ESCRIVANINHA, ANOTANDO ALGO NUM BLOCO
amarelo. No cinzeiro, um cigarro soltava espirais de fumaça para o alto, na direção do abajur. Ele olhou para Joanna e tirou os óculos.

"Tudo bem", afirmou ela. "Eu vou... falar com alguém. Mas uma mulher."

"Ótimo. É uma boa ideia."

"Você pode deixar um depósito para a casa amanhã?"

"Posso", respondeu ele. "A menos que haja algo radicalmente de errado com ela."

"Não há", declarou ela. "É uma casa excelente e tem somente seis anos. Com uma boa hipoteca."

"Ótimo", afirmou Walter.

Ela ficou olhando para ele. "Você *quer* que eu me transforme?", perguntou.

"Não. Só queria que você passasse um batom de vez em quando. Não é uma grande transformação. Eu também gostaria de *me* transformar, por exemplo, perdendo alguns quilos."

Ela puxou os cabelos para trás. "Vou trabalhar um pouco lá no quarto escuro. O Pete ainda está acordado. Você pode dar uma olhada nele?"

"Claro", ele respondeu e sorriu.

Ela o olhou, virou-se e saiu.

JOANNA TELEFONOU PARA O BOM E VELHO DEPARTAMENTO DE
Saúde, e a secretária a pôs em contato com a sociedade médica do condado, que, por sua vez, lhe passou os nomes e os números de telefone de cinco psiquiatras mulheres. As duas mais próximas, em Eastbridge, já estavam com a agenda totalmente lotada até o meio de janeiro; mas a terceira, em Sheffield, ao norte de Norwood, poderia atendê-la no sábado às duas horas da tarde. Dra. Margaret Fancher — pareceu simpática pelo telefone.

Terminou os cartões de Natal e a fantasia de Pete; comprou brinquedos e livros para Pete e Kim e uma garrafa de champanhe para Bobbie e Dave. Na cidade, comprou uma fivela de ouro para o cinto de Walter e tinha planejado explorar as lojas de antiguidades da Rodovia 9, para ver se achava documentos antigos, mas, em vez disso, acabou comprando um cardigã marrom-claro.

Os primeiros cartões de Natal foram chegando — de seus pais e dos sócios assistentes de Walter, dos McCormick, dos Chamalian e dos Van Sant. Ela os enfileirou numa prateleira da estante de livros da sala de estar.

Chegou um cheque da agência: 125 dólares.

Na sexta-feira à tarde, apesar da camada de uns cinco centímetros de neve e de continuar a nevar, ela pôs Pete e Kim no carro e foi até a casa de Bobbie.

Bobbie os recebeu com carinho; já Adam, Kenny e os cachorros os recepcionaram ruidosamente. Bobbie preparou um chocolate quente, e Joanna carregou a bandeja até a sala de visitas.

"Cuidado ao andar", recomendou Bobbie, "eu encerei o chão hoje de manhã."

"Eu percebi", retrucou Joanna.

Sentou-se na cozinha observando Bobbie — a bela e bem torneada Bobbie — limpando o fogão com toalhas de papel e borrifando o frasco de limpador. "O que é que você *fez* a si mesma, pelo amor de Deus?", perguntou ela.

"Não estou comendo daquele jeito que comia antes", explicou Bobbie. "E estou fazendo mais exercícios."

"Você deve ter perdido uns cinco quilos!"

"Não, só uns dois ou três. Estou usando uma cinta."

"Bobbie, *por favor*, você pode me contar o que *aconteceu* no fim de semana passado?"

"Não aconteceu nada. Nós ficamos em casa."

"Você fumou alguma coisa, ou tomou algo? Drogas, quer dizer."

"Não. Não seja boba."

"Bobbie, você já não é mais *você*! Não consegue perceber? Você se tornou igual às outras!"

"Sinceramente, Joanna, isso é bobagem", desconversou Bobbie. "Claro que eu continuo sendo eu. Apenas compreendi que estava sendo terrivelmente desleixada e autocomplacente, e agora estou sendo conscienciosa e cumprindo o meu dever, do mesmo modo que o Dave cumpre o dele."

"Eu sei, eu sei", falou Joanna. "O que *ele* acha disso?"

"Ele está muito feliz."

"Aposto que sim."

"Este limpador funciona mesmo. Você usa essa marca?"

Eu não estou louca, pensou Joanna. *Eu não estou louca.*

Jonny e os outros dois meninos estavam fazendo um boneco de neve na frente da casa vizinha. Ela deixou Pete e Kim no carro e foi dizer alô para ele. "Oi!", cumprimentou o menino. "Já vou ganhar dinheiro pela foto?"

"Ainda não", respondeu ela, protegendo o rosto dos grandes flocos de neve que caíam. "Jonny, eu... não consigo parar de pensar na maneira como a sua mãe mudou."

"Mudou, né?", concordou ele, ofegante.

"Não consigo entender", desabafou ela.

"Nem eu", concordou Jonny. "Ela não grita mais, prepara o café da manhã bem completo..." Olhou para a casa, franzindo a testa. Flocos de neve grudavam em seu rosto. "Espero que isso dure, mas aposto que não vai durar."

A DRA. FANCHER ERA UMA MULHERZINHA COM CARA DE DUENDE, de uns 50 anos, com cabelo curto e ondulado, quase grisalho, um nariz pontudo de marionete e olhos cinza-azulados sorridentes. Usava um vestido azul-escuro, um broche dourado com os símbolos chineses de *yin* e *yang* e uma aliança de casada. Seu consultório era alegre, com móveis Chippendale, gravuras de Paul Klee e cortinas listradas e transparentes que protegiam do brilho do sol e da neve lá fora. Havia um divã de couro marrom, com um encosto para a cabeça forrado com papel, mas Joanna sentou-se na cadeira em frente à escrivaninha de mogno, sobre a qual dúzias de aparas de papel embandeiravam os lados de um grande carimbo verde.

"Estou aqui por sugestão do meu marido", disse Joanna. "Nós nos mudamos para Stepford no começo de setembro, e quero sair de lá o mais rápido possível. Fizemos um depósito de reserva de uma casa em Eastbridge, mas só porque eu insisti nisso. Ele acha que estou... agindo de modo irracional."

Contou à dra. Fancher por que ela queria se mudar; sobre as mulheres de Stepford e como Charmaine e depois Bobbie haviam se transformado e se tornado como as outras. "A senhora já esteve em Stepford?", perguntou.

"Só uma vez", respondeu a dra. Fancher. "Eu tinha ouvido falar que valia a pena dar uma olhada, o que é fato. Também ouvi dizer que é uma comunidade ilhada e nada sociável."

"O que é verdade, pode acreditar."

A dra. Fancher conhecia aquela cidade do Texas que tinha baixo índice de criminalidade. "Aparentemente, é o lítio que produz isso", afirmou ela. "Publicaram um artigo sobre isso em uma revista."

"A Bobbie e eu escrevemos para o Departamento de Saúde", contou Joanna. "Disseram que não havia nada em Stepford que pudesse afetar alguém. Acho que pensaram que nós éramos duas malucas. Naquela época, inclusive, eu é que cheguei a pensar que a Bobbie estivesse angustiada demais. Só a ajudei a escrever a carta porque ela me pediu..." Olhou para suas mãos crispadas e acomodou-as juntas.

A dra. Fancher permaneceu em silêncio.

"Eu comecei a suspeitar...", disse Joanna. "Ah, Jesus, *suspeitar*; isso soa tão..." Juntou novamente as mãos, olhando para elas.

"Começou a suspeitar de quê?", perguntou a dra. Fancher.

Afastou as mãos e as enxugou na saia. "Eu comecei a suspeitar de que os homens estão por trás disso." Olhou para a dra. Fancher.

A dra. Fancher não sorriu nem pareceu surpresa. "Que homens?", perguntou ela.

Joanna olhou para suas mãos.

"O meu marido", afirmou ela, "o marido da Bobbie, o da Charmaine." Olhou para a dra. Fancher. "Todos eles."

Contou da Associação Masculina.

"Há uns dois meses, eu estava no centro à noite, tirando umas fotos", continuou. "Lá onde ficam aquelas lojas; o casarão fica de frente para elas. As janelas estavam abertas e havia — um cheiro no ar. De remédio, ou de alguma substância química. E, então, as persianas foram baixadas, talvez porque eles tenham notado que eu estava lá; um policial que tinha me visto parou e veio conversar comigo." Ela se inclinou para a frente. "Há várias fábricas e indústrias sofisticadas na Rodovia 9. Muitos dos homens que moram em Stepford têm posições elevadas nessas empresas e pertencem à Associação Masculina. *Coisas* acontecem lá todas as noites, e não acredito que sejam apenas consertos em brinquedos para crianças necessitadas, bilhar e pôquer. Existe a AmeriChem-Willis e a Produtos Bioquímicos Stevenson. Eles poderiam estar... fabricando alguma coisa à revelia do Departamento de Saúde, lá em cima, na Associação Masculina..." Recostou-se na cadeira, enxugando as mãos nas coxas, evitando olhar para a dra. Fancher.

A dra. Fancher lhe fez perguntas sobre seu ambiente familiar e sobre seu interesse por fotografia; sobre os empregos que tivera, sobre Walter, Pete e Kim.

"Toda mudança é traumática, até certo ponto", afirmou a dra. Fancher, "e, em especial, mudanças de uma cidade grande ao interior, para uma mulher que não considera seu papel de dona de casa totalmente gratificante. Pode ser algo muito parecido com ser mandada para a Sibéria." Ela sorriu para Joanna. "E a temporada de festas natalinas e final de ano não ajuda muito. Ela tende a aumentar as angústias, para todo mundo. Sempre achei que, num ano desses, nós deveríamos ter um feriado *de verdade* e pular toda essa correria."

Joanna deu um sorriso.

A dra. Fancher inclinou-se para a frente e, juntando as mãos, apoiou os cotovelos na escrivaninha. "Posso compreender que você não esteja se sentindo feliz numa cidade de mulheres altamente voltadas para o lar", ela disse a Joanna. "Eu também não me sentiria; nenhuma mulher com interesses fora do lar se sentiria. Mas eu fico pensando — e imagino que seu marido também — se você seria mais feliz em Eastbridge, ou em qualquer outro lugar, especialmente nesta época."

"Acho que seria", respondeu Joanna.

A dra. Fancher olhou para as mãos, comprimindo e flexionando a mão da aliança na outra. Olhou para Joanna. "As cidades desenvolvem suas características gradativamente", explicou ela, "à medida que as pessoas as escolhem e vão viver nelas. Uns poucos artistas e escritores vieram aqui para Sheffield há muito tempo; outros os seguiram, e as pessoas que os consideravam boêmios demais se mudaram. Agora somos uma cidade de artistas e escritores; é claro que não exclusivamente, mas o bastante para nos destacarmos de Norwood e de Kimball. Tenho certeza de que Stepford desenvolveu suas características desse mesmo modo. Isso me parece muito mais provável do que a ideia de que os homens de lá se reuniram para fazer uma lavagem cerebral química nas mulheres. E será que eles, de fato, seriam capazes de fazer algo assim? Poderiam sedá-las, talvez; mas essas mulheres não me parecem sedadas; elas trabalham com dedicação e se esforçam, dentro de seu pequeno núcleo de interesses. Isso seria um trabalho e tanto, mesmo para os químicos mais avançados."

"Sei que isso parece..." Joanna esfregou a têmpora.

"Parece", interrompeu a dra. Fancher, "a ideia de uma mulher que, como muitas mulheres hoje em dia, e com bons motivos, tem suspeitas dos homens e um profundo ressentimento por eles. Alguém que é impelida em duas direções por demandas contraditórias, talvez muito mais intensas do que ela possa notar; de um lado, as velhas convenções, e, de outro, as *novas* convenções da mulher liberta."

Joanna, balançando a cabeça, retrucou: "Se ao menos a senhora pudesse ver *como* se comportam as esposas em Stepford! São atrizes de comerciais de televisão, todas elas. Não, nem mesmo *isso*. Elas são... são como...". Sentou-se mais para a frente. "Passou um programa na TV, há umas quatro ou cinco semanas. Meus filhos estavam assistindo. Eram uns bonecos de todos os presidentes dos Estados Unidos circulando e fazendo várias expressões faciais diferentes. Abraham Lincoln se levantou e proferiu o discurso de Gettysburg; ele parecia tão real que a gente tinha..." Ficou sentada, imóvel.

A dra. Fancher esperou e assentiu. "Em vez de impor uma mudança imediata para sua família", ela disse, "acho que você deveria cons..."

"Disneylândia", completou Joanna. "O programa era da *Disneylândia*..."

A dra. Fancher sorriu. "Eu sei", continuou ela. "Meus netos estiveram lá no verão passado. Eles me contaram que 'conheceram' Lincoln."

Joanna virou-se e a encarou.

"Acho que você devia considerar fazer terapia", declarou a dra. Fancher. "Para identificar e elucidar seus sentimentos. Aí, então, pode dar o passo *certo* — talvez para Eastbridge, talvez retornando à cidade; talvez até você venha a achar Stepford menos opressiva."

Joanna voltou-se para ela.

"Você pode pensar nisso por um ou dois dias e me telefonar?", perguntou a dra. Fancher. "Tenho certeza de que posso ajudá-la. Por certo, vale a pena investir algumas horas em análise, não é?"

Sentada e imóvel, Joanna assentiu.

A dra. Fancher pegou uma caneta do porta-lápis e escreveu no bloco de receitas.

Joanna olhou para ela. Levantou-se e pegou a bolsa que estava sobre a escrivaninha.

"Isto vai ajudá-la, nesse meio-tempo", disse a dra. Fancher, escrevendo. "É um leve tranquilizante. Pode tomar três por dia. Ela arrancou a folha e a entregou a Joanna, sorrindo. "A medicação *não* vai deixar você obcecada por trabalho doméstico."

Joanna pegou a receita.

A dra. Fancher levantou-se. "Estarei fora durante a semana do Natal", afirmou, "mas poderíamos começar na semana do dia três. Poderia me ligar na segunda ou na terça-feira e me dizer o que você decidiu?"

Joanna concordou.

A dra. Fancher sorriu. "Não é *nada* catastrófico", declarou ela. "Realmente, tenho certeza de que posso ajudá-la." Estendeu a mão.

Joanna apertou-a e saiu.

A BIBLIOTECA ESTAVA BEM MOVIMENTADA. A SRTA. AUSTRIAN DISSE

que o material que Joanna procurava estava lá embaixo, no porão. Porta da esquerda, prateleira inferior. Deixar as revistas na ordem correta. Proibido fumar. Desligar as luzes.

Ela desceu a escada estreita e íngreme, apoiando a mão na parede. Não havia corrimão.

Porta da esquerda. Localizou o interruptor. Um ponto fluorescente; cheiro de papéis velhos; lá fora, o ganido de um motor aumentando de intensidade.

A sala era pequena e tinha o teto baixo. As paredes, cheias de prateleiras com revistas, circundavam uma mesa de leitura e quatro cadeiras de cozinha, de metal cromado e plástico vermelho.

Da prateleira inferior que contornava toda a sala, projetavam-se grandes volumes encadernados de marrom, em posição horizontal, empilhados de seis em seis.

Ela pôs a bolsa sobre a mesa, tirou o casaco e o colocou numa cadeira.

Começou com os de cinco anos atrás, folheando os volumes de trás para a frente, cada um compreendendo metade de um ano.

AS ASSOCIAÇÕES CÍVICA E MASCULINA FUNDEM-SE. A fusão proposta entre a Associação Cívica de Stepford e a Associação Masculina de Stepford foi endossada por membros de ambas as organizações e terá lugar dentro de algumas semanas. Thomas C. Miller III e Dale Coba, os respectivos presidentes...

Folheou mais para trás, passando por jogos de futebol das ligas infantis e nevascas, por roubos, colisões, disputas interescolares.

CLUBE FEMININO SUSPENDE REUNIÕES. O Clube Feminino de Stepford está suspendendo suas reuniões bissemanais devido à diminuição do número de membros, de acordo com a sra. Richard Ockrey, que assumiu a presidência do clube há apenas dois meses, após a renúncia da presidente anterior, sra. Alan Hollingsworth. "É somente uma suspensão temporária", declarou a sra. Ockrey, em sua casa na travessa Fox Hollow. "Estamos planejando uma campanha em grande escala para atrair sócias e reiniciar as atividades no início da primavera..."

Não diga, sra. Ockrey.

Seguiu folheando mais para trás e passou por anúncios de filmes antigos, comida a preços baixos, o incêndio na Igreja Metodista e a inauguração do sistema de incineração.

ASSOCIAÇÃO MASCULINA COMPRA A CASA DOS TERHUNE. Dale Coba, presidente da Associação Masculina de Stepford...

Uma mudança na lei de zoneamento, um roubo na CompuTech.

Ela colocou o volume mais recente embaixo do próximo. Sentou-se e abriu o volume pelo final.

LIGA DE ELEITORAS PODE FECHAR.

Mas, então, o que havia de tão surpreendente nisso?

A menos que o decréscimo no número de sócias seja revertido, a Liga de Eleitoras de Stepford pode ser forçada a fechar suas portas. Assim nos alerta a nova presidente da Liga, sra. Theodore van Sant, da travessa Fairview...

Carol?
Para trás, para trás.
Uma estiagem acabou, uma estiagem voltou.

ASSOCIAÇÃO MASCULINA REELEGE COBA — *Dale Coba, da rua Anvil, foi eleito por aclamação para uma segunda gestão de dois anos como presidente da cada vez mais expansiva...*

Retrocedendo mais dois anos, então.
Pulou três volumes.
Um roubo, um incêndio, uma quermesse, uma nevasca.
Com uma das mãos, ela segurava as páginas e, com a outra, as virava; rápido, rápido.

FORMADA A ASSOCIAÇÃO MASCULINA — Cerca de uma dúzia de homens de Stepford, que reformaram o celeiro desocupado da travessa Switzer e que ali se reuniam havia cerca de um ano, formou a Associação Masculina de Stepford e está recebendo novos membros. Dale Coba, da rua Anvil, foi eleito presidente da Associação; Duane T. Anderson, da travessa Switzer, é o vice-presidente, e Robert Sumner Jr., da travessa Gwendolyn, é o secretário-tesoureiro. O objetivo da Associação, de acordo com o sr. Coba, é "estritamente social — pôquer, conversa entre homens e troca de ideias sobre hobbies e atividades manuais". A família Coba parece ser especialmente talhada para dar início a empreendimentos; a sra. Coba estava entre as fundadoras do Clube Feminino de Stepford, embora recentemente tenha se desligado dele, bem como a sra. Anderson e a sra. Sumner. Outros membros da Associação Masculina de Stepford são Claude Axhelm, Peter J. Duwicki, Frank Ferretti, Steven Margolies, Ike Mazzard, Frank Roddenberry, James J. Scofield, Herbert Sundersen e Martin I. Weiner. Homens interessados em mais informações devem...

Pulou mais dois volumes e, então, passou a virar as páginas em blocos de um número inteiro, procurando em cada um deles as "Notas sobre os recém-chegados", na coluna da segunda página.

... o sr. Ferretti é engenheiro no laboratório de desenvolvimento de sistemas da Corporação CompuTech.

... o sr. Sumner, que detém várias patentes de corantes e plásticos, recentemente uniu-se à Corporação AmeriChem-Willis, onde faz pesquisas em polímeros de vinil.

"Notas sobre os recém-chegados", "Notas sobre os recém-chegados"; ela só parava quando reconhecia os nomes, pulando para o fim da coluna, dizendo a si mesma que ela estava certa, ela estava certa.

... o sr. Duwicki, que os amigos chamam de "Wick", trabalha no departamento de microcircuitos da Corporação Instatron.

... o sr. Weiner está na divisão de som da Corporação Instatron.

... o sr. Margolies trabalha na Reed & Saunders, produtores de dispositivos estabilizadores, cuja nova fábrica, na Rodovia 9, começa a funcionar na próxima semana.

Restituía os volumes aos seus lugares, retirava outros, largando-os pesadamente sobre a mesa.

... o sr. Roddenberry é diretor associado do laboratório de desenvolvimento de sistemas da Corporação CompuTech.

> ... o sr. Sundersen projeta sensores ópticos para a empresa Óptica Ulitz.

E, finalmente, encontrou.
Leu o artigo todo.

> Os novos vizinhos da rua Anvil são o sr. e a sra. Dale Coba e seus filhos, Dale Jr., 4, e Darren, 2. Os Coba vieram de Anaheim, Califórnia, onde residiram por seis anos. "Até agora, estamos apreciando muito esta parte do país", disse a sra. Coba. "Não sei como nos sentiremos quando o inverno chegar. Não estamos acostumados ao clima frio."
> O sr. e a sra. Coba frequentaram a UCLA, e o sr. Coba fez estudos de pós-graduação no Instituto de Tecnologia da Califórnia. Durante os últimos seis anos, trabalhou com animação robótica na Disneylândia, ajudando a criar os bonecos móveis e falantes dos presidentes, que apareceram no número de agosto da National Geographic. Seus hobbies são caça e piano. A sra. Coba, que se graduou em línguas, em seu tempo livre está fazendo a tradução do romance clássico norueguês As filhas do comandante.
> O trabalho do sr. Coba aqui, provavelmente, vai receber menos atenção do que na Disneylândia; ele entrou para o departamento de pesquisa e desenvolvimento da Burnham-Massey-Microtech.

Ela deu uma risadinha.
Pesquisa e desenvolvimento! E, *provavelmente, vai receber menos atenção!*
Ela riu sem parar.
Não conseguia parar.
Não *queria* parar!
Ela ria, ali de pé, olhando para as "Notas sobre os recém-chegados", em sua coluna de disposição impecável. PROVAVELMENTE, *vai receber menos atenção!* Deus do céu!

Ela fechou o grande volume marrom, rindo, e, junto com o volume que estava embaixo, socou-os em seus lugares na parte inferior da estante.

"Sra. Eberhart!", chamou a srta. Austrian, lá em cima. "São cinco para as seis; estamos fechando."

Pare de rir, pelo amor de Deus. "Já terminei aqui!", respondeu ela. "Só estou arrumando os volumes direito."

"Cuide para que fiquem na ordem certa."

"Pode deixar!", disse ela.

"E apague as luzes."

"*Jawohl!*"

Restituiu todos os volumes à estante e os ordenou mais ou menos. "Ah, meu Deus do céu!", exclamou ela, rindo. "*Provavelmente!*"

Pegou o casaco e a bolsa, apagou as luzes e subiu as escadas, rindo, em direção à srta. Austrian, que a observava atentamente. Não era de admirar!

"Encontrou o que estava procurando?", perguntou a bibliotecária.

"Ah, encontrei, sim", respondeu ela, engolindo o riso. "Muito obrigada. Você é uma fonte de conhecimento, você e a sua biblioteca. Obrigada. Boa noite."

"Boa noite", despediu-se a srta. Austrian.

ATRAVESSOU A RUA EM DIREÇÃO À FARMÁCIA, PORQUE, DEUS ERA testemunha, ela *precisava* de um tranquilizante. A farmácia estava fechando também; semiescura e sem ninguém a não ser os Cornell. Entregou a receita ao sr. Cornell, que a leu e disse: "Sim, eu já trago para a senhora". Foi até os fundos.

Ela deu uma olhada nos pentes em uma prateleira, sorrindo. Um vidro tilintou às suas costas, e ela se virou.

A sra. Cornell estava perto da parede atrás do balcão lateral, fora da parte iluminada da farmácia. Ela limpava alguma coisa com um pano, limpava a prateleira e colocava a coisa de volta, fazendo o vidro tilintar. Era alta e loira, tinha pernas longas, busto grande; tão bonita quanto — ah, quanto uma garota de Ike Mazzard. Ela tirou alguma coisa da prateleira, limpou-a, limpou a prateleira e recolocou a coisa no lugar, fazendo o vidro tilintar; e tirou outra coisa da prateleira e...

"Olá", exclamou Joanna.

A sra. Cornell virou a cabeça. "Sra. Eberhart", respondeu ela e sorriu. "Olá! Como vai?"

"Vou bem", afirmou Joanna. "Às mil maravilhas. E *a senhora*, como vai?"

"Muito bem, obrigada", retrucou a sra. Cornell. Limpou o que estava segurando, limpou a prateleira e recolocou a coisa no lugar, fazendo o vidro tilintar; tirou outra coisa da prateleira, limpou e...

"A senhora faz isso bem", elogiou Joanna.

"Só estou tirando o pó", disse a sra. Cornell, limpando a prateleira.

Podia-se ouvir um *tec tec tec* de uma máquina de datilografia, vindo dos fundos.

"Conhece o discurso de Gettysburg?", perguntou Joanna.

"Receio que não", respondeu a sra. Cornell, limpando alguma coisa.

"Ora, vamos lá", disse Joanna. "Todo mundo o conhece. 'Oitenta e sete anos atrás...'"

"Isso eu conheço, mas não sei o resto", revelou a sra. Cornell. Recolocou alguma coisa na prateleira, fazendo o vidro tilintar e pegou outra coisa da prateleira para limpá-la.

"Ah, tudo bem, não precisa", comentou Joanna. "Conhece 'O Porquinho Foi ao Mercado'?"

"Claro", disse a sra. Cornell, limpando a prateleira.

"Ponho na conta?", perguntou o sr. Cornell. Joanna virou-se. Ele estendeu a ela um pequeno frasco de tampa branca.

"Pode pôr", respondeu ela, pegando o frasco. "O senhor tem um pouco de água? Eu gostaria de tomar um agora mesmo."

Ele assentiu e foi para os fundos outra vez.

Ali em pé, segurando o frasco, ela começou a tremer. Vidros tilintavam atrás dela. Tirou a tampa do frasco e puxou o chumaço de algodão. Lá dentro havia comprimidos brancos; ela virou um na palma da mão, tremendo, recolocou o algodão no frasco e pressionou a tampa. Vidros tilintavam atrás dela.

O sr. Cornell voltou com um copo de papel com água.

"Muito obrigada", agradeceu ela, segurando-o. Colocou o comprimido na língua, bebeu e engoliu.

O sr. Cornell escrevia em um bloco. O topo de sua cabeça era calvo e branco, como *algo* sob uma pedra, algo visguento, atravessado por alguns fios de cabelo castanho colados. Ela bebeu o resto da água, colocou o copo no balcão e guardou o frasco dentro da bolsa. Vidros tilintavam atrás dela.

O sr. Cornell virou o bloco na direção dela e lhe ofereceu a caneta, sorrindo. Ele era feio; olhos pequenos, quase sem queixo.

Ela pegou a caneta. "O senhor tem uma esposa adorável", elogiou, assinando o bloco. "Bonita, solícita e submissa ao seu amo e senhor; o senhor é um homem de sorte." Estendeu a caneta para devolvê-la a ele.

Ele a pegou, ruborizado. "Eu sei", respondeu, olhando para baixo.

"Esta cidade está cheia de homens sortudos", continuou Joanna. "Boa noite."

"Boa noite", cumprimentou ele.

"Boa noite", despediu-se a sra. Cornell. "Volte sempre."

Saiu para a rua toda decorada para o Natal. Alguns carros passavam, cantando pneus.

As janelas da Associação Masculina estavam iluminadas; e também as janelas das casas colina acima. Luzes vermelhas, verdes e alaranjadas piscavam em algumas delas.

Respirou fundo o ar da noite, pisou com as botas num monte de neve e atravessou a rua.

Desceu a rua até o presépio iluminado e parou para olhá-lo; Maria, José e o Menino, ovelhas e bezerros ao redor deles. Tudo muito realístico, se bem que com um toque de Disneylândia.

"*Vocês* também falam?", perguntou a Maria e José.

Sem resposta; eles apenas continuaram a sorrir.

Ela ficou ali — já não estava tremendo —, então, caminhou de volta à biblioteca.

Entrou no carro, deu a partida e acendeu os faróis; cruzou a rua, deu marcha à ré, passou pelo presépio e subiu em direção à colina.

A PORTA DA CASA FOI ABERTA QUANDO ELA SUBIA PELO CAMINHO, e Walter perguntou: "Onde é que você estava?".

Ela bateu as botas contra os degraus da porta. "Na biblioteca", respondeu.

"Por que não *telefonou*? Pensei que você tivesse sofrido um acidente, com essa neve..."

"As estradas estão desobstruídas", disse ela, raspando as botas no capacho.

"Você deveria ter telefonado, pelo amor de Deus. Já passa das seis."

Ela entrou. Ele fechou a porta.

Colocou a bolsa sobre a cadeira e começou a tirar as luvas.

"Como ela é?", perguntou ele.

"É bem bacana", respondeu. "Compreensiva."

"E o que ela disse?"

Joanna colocou as luvas nos bolsos e começou a desabotoar o casaco. "Ela acha que eu preciso de um pouco de terapia. Para que eu esclareça os meus sentimentos antes de nos mudarmos. Estou sendo 'impelida em duas direções por demandas contraditórias'." Tirou o casaco.

"Bem, isso me parece um conselho sensato", ponderou ele. "Pra mim, pelo menos. O que é que você achou?"

Ela olhou para o casaco, segurando-o pelo forro da gola, e deixou-o cair sobre a bolsa, na cadeira. Suas mãos estavam frias; esfregou uma palma na outra, olhando para elas.

Então, olhou para Walter. Ele a observava atentamente, com a cabeça inclinada. A barba por fazer salpicava suas faces e escurecia a covinha em seu queixo. Seu rosto estava mais cheio do que ela se lembrava — ele estava ganhando peso — e embaixo de seus maravilhosos olhos azuis já se formavam bolsas. Que idade ele tinha agora? Quarenta anos no seu próximo aniversário, dia 3 de março.

"Pra mim", disse ela, "isso parece um erro, um enorme erro." Baixou as mãos e alisou a saia nas duas pernas. "Vou levar o Pete e a Kim para a cidade. Para a casa de Shep e..."

"Por quê?"

"... Sylvia ou para um hotel. Telefono pra você em um ou dois dias. Ou peço a alguém para te ligar. Um outro advogado."

Ele a encarou. "Do que você está *falando*?"

"Eu *sei*", declarou ela. "Li vários números antigos do *Crônica*. Sei o que Dale Coba costumava fazer e sei o que ele está fazendo *agora*, ele e esses outros... gênios da CompuTech e da Instatron."

Ele olhou fixamente para ela e, então, piscou. "Não sei do que você está falando."

"Ah, corta essa." Ela se virou, atravessou o corredor, foi para a cozinha e acendeu as luzes. A janelinha que dava para a sala de estar demonstrava a escuridão. Ela se voltou; Walter se postou na porta. "Não tenho nem a mais remota ideia do que você está falando", disse ele.

Ela passou pelo marido. "Chega de mentir", bradou. "Você mente para mim desde que tirei a minha primeira foto." Virou-se e começou a subir as escadas. "Pete!", ela chamou. "Kim!"

"Eles não estão aqui."

Ela olhou para ele por cima do corrimão, à medida que ele vinha do corredor.

"Como você não aparecia", explicou ele, "achei que seria boa ideia eles passarem a noite fora. Caso tivesse acontecido algo de errado."

Ela se voltou, olhou para baixo e o viu. "Onde eles estão?", perguntou.

"Com amigos", respondeu ele. "Eles estão bem."

"*Que* amigos?"

Ele se aproximou do início da escada. "Eles estão bem", repetiu.

Ela se virou para encará-lo, sentiu o corrimão e se agarrou a ele. "Nosso fim de semana a sós?", perguntou.

"Acho que você deveria se deitar um pouco." Walter colocou uma das mãos na parede e a outra no corrimão. "Você está falando coisas sem sentido, Joanna. O Diz, de todas as pessoas, onde é que *ele* entra nessa história? E o que é isso que você acaba de dizer sobre eu estar mentindo pra você?"

"O que é que você fez?", perguntou ela. "Pediu para apressarem o negócio? Por isso é que todo mundo estava tão ocupado nesta semana? Brinquedos de Natal, *essa* é boa! O que *você* estava fazendo, avaliando o tamanho?"

"Sinceramente, não sei o que você está..."

"O fantoche", afirmou ela, inclinando-se na direção dele e segurando o corrimão. "O robô! Ah, que ótimo; advogado surpreendido por nova alegação. Você está se desgastando em créditos e propriedades; deveria estar é num tribunal. Quanto custa? Você me diria? Estou morrendo de curiosidade. Qual é o preço atual de uma esposa que fica na cozinha, com peitos enormes e sem fazer exigências? Uma fortuna, posso apostar. Ou eles vendem incrivelmente barato, em nome do velho espírito que reina na Associação Masculina? E o que acontece com as esposas reais? O incinerador? O lago de Stepford?"

Ele a encarava, de pé, com as mãos na parede e no corrimão. "Suba e se deite", recomendou ele.

"Vou sair", retrucou ela.

Ele fez um gesto negativo. "Não. Não, enquanto estiver falando desse jeito. Suba e descanse."

Ela desceu um degrau. "Não vou ficar aqui para ser..."

"*Você não vai sair*", asseverou ele. "Agora, vá para cima e descanse. Quando você se acalmar, nós vamos... tentar conversar de maneira sensata."

Ela olhou para ele, de pé lá embaixo, com as mãos na parede e no corrimão, olhou para o seu casaco na cadeira — virou-se e subiu rápido as escadas. Entrou no quarto e fechou a porta; virou a chave e acendeu as luzes.

Foi até a cômoda, abriu uma gaveta e tirou um suéter branco bem grosso; abriu-o numa sacudida e enfiou os braços nas mangas. Puxou a gola rolê por sobre a cabeça, soltou e arrumou o cabelo por cima. Walter tentou abrir a porta, então bateu.

"Joanna!"

"Suma daqui", exclamou ela, ajeitando o suéter para baixo. "Estou descansando. Você me disse para descansar."

"Quero entrar só um minuto."

Ela continuou olhando para a porta e nada disse.

"Joanna, destranque a porta."

"Daqui a pouco. Quero ficar a sós por um momento."

Ela permaneceu imóvel, olhando para a porta.

"Tudo bem. Mais tarde."

Ficou ali em pé escutando — silêncio —, virou-se para a cômoda e abriu a gaveta de cima. Procurou e então achou um par de luvas brancas. Vestiu as luvas, pegou um longo cachecol listrado e o enrolou no pescoço.

Foi até a porta, ficou escutando e apagou as luzes.

Foi até a janela e levantou a persiana. A luz da entrada da casa brilhava. Viu a sala de estar dos Claybrook iluminada, mas vazia; as janelas de cima estavam às escuras.

Ergueu a folha da janela em silêncio. As janelas de proteção contra tempestades ficavam atrás.

Esquecera as malditas janelas de proteção contra tempestades.

Empurrou a parte de baixo. Estava presa firmemente e não se movia. Empurrou-a com o lado de seu punho enluvado e forçou de novo com as duas mãos. A janela cedeu alguns centímetros para fora — e não se deslocaria mais do que isso. As pequenas braçadeiras de metal dos lados estavam abertas ao máximo. Ela teria de despregá-las da esquadria da janela.

Uma luz brilhou lá fora, embaixo, na neve.

Ele estava no escritório.

Ela se endireitou e escutou; uma série de cliques vinha de trás dela, do telefone da mesa de cabeceira; de novo e de novo, longo, curto, longo.

Ele estava discando do telefone do escritório.

Chamando Dale Coba para informá-lo de que ela estava lá. Para dar prosseguimento aos planos. Todos os sistemas em ação.

Na ponta dos pés, ela andou até a porta, escutou, destrancou-a e abriu. Uma arma do *Star Trek* jazia no umbral da porta do quarto de Pete. Era possível ouvir vagamente a voz sussurrada de Walter.

Ela foi na ponta dos pés até a escada e começou a descer bem devagar, sem fazer barulho, pressionando o corpo contra a parede, olhando para baixo através da estrutura do corrimão no canto que dava para o escritório.

"... acho que não consigo controlá-la sozinho..."

Pode estar certo de que não, dr. jurista.

Mas a cadeira perto da porta da frente estava vazia, seu casaco e sua bolsa (chaves do carro, carteira) haviam sumido.

Ainda assim, era melhor do que sair pela janela.

Conseguiu descer até o hall. Ele falava, depois ficou quieto. Procurar a bolsa?

Ele se moveu no escritório; ela se agachou na sala de estar e permaneceu com as costas bem coladas à parede.

Os passos dele vieram até o hall, aproximaram-se da porta, pararam. Ela prendeu a respiração.

Uma série de sussurros curtos — seu som usual de "agora vejamos", antes de dar início a grandes projetos; instalando as janelas de proteção contra tempestades, montando um triciclo. (Matando uma esposa? Ou é Coba, o caçador, que faz esse serviço?) Ela fechou os olhos e tentou não pensar, temendo que, de algum modo, seus pensamentos despertassem a atenção dele.

Os passos subiram a escada, devagar.

Ela abriu os olhos e soltou a respiração bem aos poucos, esperando que ele subisse mais.

Rápido e em total silêncio, ela atravessou a sala de estar, contornando cadeiras e a mesinha do abajur; destrancou a porta do pátio e a abriu; destrancou a porta de tempestade e a empurrou contra um montículo de neve.

Foi se espremendo para fora e correu sobre a neve, correu e correu, com o coração disparado; correu em direção aos escuros troncos das árvores, sobre a neve marcada pelo trenó e pelas pegadas de Pete e Kim; correu, correu, agarrou um tronco, circundou-o às pressas e foi tropeçando e tateando por entre troncos de árvores, troncos de árvores. Corria, tropeçava, tateava, mantendo-se no centro da longa fileira de árvores que separava as casas da travessa Fairview das casas da rua Harvest.

PRECISAVA CHEGAR À CASA DE RUTHANNE. RUTHANNE LHE EMPRESTARIA dinheiro e um casaco, a ajudaria a chamar um táxi de Eastbridge, ou alguém da cidade — Shep, Doris, Andreas — alguém que tivesse um carro e que viesse apanhá-la.

Pete e Kim estariam bem; *tinha* que acreditar nisso. Eles estariam bem até que ela chegasse à cidade e pudesse falar com as pessoas, falar com um advogado para conseguir tirá-los de Walter. Eles, muito provavelmente, estariam sob os maravilhosos cuidados de Bobbie, de Carol ou de Mary Ann Stavros — isto é, pelas coisas que eram chamadas por esses nomes.

E Ruthanne devia ser *avisada*. Talvez elas pudessem ir juntas, já que Ruthanne ainda dispunha de algum tempo.

Chegou ao fim da fileira de árvores, certificou-se de que não vinham carros e atravessou a avenida Winter Hill. Abetos carregados de neve formavam uma linha do lado mais distante da rua; muito rápido, ela foi caminhando por trás deles, com os braços cruzados no peito; e as mãos, nas luvas finas, mantinha sob as axilas.

A travessa Gwendolyn, onde Ruthanne morava, ficava em algum lugar próximo à Short Ridge Hill, passando a casa de Bobbie; ela demoraria quase uma hora para chegar lá. Talvez até mais, com toda a neve e a escuridão. E não ousava pedir carona, porque qualquer carro poderia ser o de Walter, e ela só descobriria isso quando fosse tarde demais.

Não apenas Walter, ela se deu conta, subitamente. *Todos* eles estariam à sua procura, cruzando as ruas com lanternas e faróis. Como poderiam deixá-la fugir e contar tudo? *Todos* os homens representavam uma ameaça; qualquer carro era um perigo. Teria de se certificar de que o marido de Ruthanne não estivesse em casa antes de tocar a campainha; olhar bem pelas janelas.

Ah, meu Deus, será que *conseguiria* escapar? Nenhuma das outras tinha conseguido.

Mas talvez nenhuma delas tivesse tentado. Bobbie não tinha; Charmaine também não. Talvez ela fosse a primeira a descobrir a tempo. Se é que ainda *havia* tempo...

Saiu da Winter Hill e, apressada, desceu a travessa Talcott. Faróis fizeram um clarão, e um carro surgiu de uma saída do outro lado. Ela se agachou perto de um carro estacionado e ficou paralisada; as luzes passaram por baixo dela, e o carro seguiu. Levantou-se e olhou: o carro partia bem devagar e, com certeza, um feixe de luz saía de um farolete e lançava luz sobre as fachadas das casas e os gramados cobertos de neve.

Muito rápido, ela desceu a travessa Talcott, passando por casas silenciosas, com janelas iluminadas por pisca-piscas e portas enfeitadas com decoração natalina. Seus pés e pernas estavam enregelados, mas ela estava bem. No final da Talcott, ficava a rua Old Norwood, e de lá ela poderia alcançar ou a Chimney ou a Hunnicutt.

Um cachorro latiu ali perto, latiu furiosamente; mas os latidos cessaram atrás dela à medida que ela se afastava depressa.

Um galho de árvore parecido com um braço negro jazia na neve pisada. Ela colocou a bota em cima dele, quebrou-o pela metade e continuou, segurando o apoio molhado e frio com a mão enluvada.

UMA LANTERNA RELUZIU NA TRAVESSA PINE TREE. ELA CORREU
entre duas casas, correu pela neve em direção à cúpula formada pela neve caída sobre um arbusto; aninhou-se atrás dele, ofegante, apertando firme o galho na mão, que doía por causa do frio.

Ficou espreitando — no fundo das casas, as janelas iluminadas. Do teto de uma delas um jato de fagulhas vermelhas era lançado para o alto; as fagulhas dançavam, desaparecendo por entre as estrelas.

A luz da lanterna oscilou, vinda de algum lugar entre duas casas, e ela recuou para trás do arbusto. Esfregou um joelho coberto pela meia e aqueceu o outro sob a dobra do cotovelo.

Uma luz fraca varreu a neve em sua direção, e pontos luminosos deslizaram sobre sua saia e pela mão enluvada.

Ela esperou, esperou mais um pouco e deu uma espiada. Uma forma escura de homem ia em direção às casas por um caminho de neve iluminada.

Aguardou que o homem fosse embora, levantou-se e, às pressas, dirigiu-se à rua seguinte. Travessa Hickory? Switzer? Não tinha certeza de qual era, mas as duas levavam à rua Short Ridge.

Seus pés estavam dormentes, apesar do forro das botas.

UMA INTENSA LUZ BRILHOU, E ELA SE VIROU E CORREU. UMA LUZ
à sua frente oscilou em sua direção, ela correu para o lado, por um caminho desobstruído, passando ao lado de uma garagem, e desceu um longo declive de neve. Escorregou e caiu, conseguiu se erguer, ainda segurando o galho — as luzes emergiam em sua direção —, correu sobre a neve mais rasa. Uma luz oscilou em sua direção. Deu uma volta e se dirigiu para a neve que não oferecia proteção, deu outra volta e ficou onde estava, ofegante. "Vão embora!", gritou ela para as luzes que oscilavam em sua direção, duas de um lado e uma do outro. Levantou o galho. "Vão embora!"

As lanternas se aproximaram dela, agora mais devagar, e, então, pararam; seu brilho era ofuscante. "Vão embora!", ela gritou e protegeu os olhos.

As luzes diminuíram. "Desliguem as lanternas. Não vamos machucá-la, sra. Eberhart."

"Não tenha medo. Somos amigos do Walter." A luz se foi; ela baixou a mão. "*Seus* amigos também. Sou o Frank Roddenberry. A senhora me conhece. Fique calma, ninguém vai machucá-la."

Formas mais escuras do que a escuridão pararam diante dela. "Fiquem longe", exclamou ela, levantando mais o galho.

"A senhora não precisa fazer isso."

"Não vamos machucá-la."

"Então, vão embora", repetiu ela.

"Todo mundo saiu à sua procura", disse a voz de Frank Roddenberry. "O Walter está preocupado."

"Aposto que está mesmo", retrucou ela.

Postaram-se diante dela, a uns quatro ou cinco metros; três homens. "Não deveria ficar correndo por aí assim, sem um casaco", comentou um deles.

"Vão embora!", gritou ela.

"P-Ponha isso no chão", pediu Frank. "Ninguém vai machucar a senhora."

"Sra. Eberhart, eu estava falando no telefone com o Walter há menos de cinco minutos." Quem falava era o homem do meio. "Ficamos sabendo dessa ideia que a senhora teve. Está *errada*, sra. Eberhart. Acredite em mim, simplesmente não é assim."

"Ninguém está fabricando robôs", afirmou Frank.

"A senhora deve estar pensando que somos bem mais espertos do que na realidade", continuou o homem do meio. "Robôs que podem dirigir carros? E cozinhar? E cortar o cabelo das crianças?"

"E tão realísticos que as crianças não notariam?", completou o terceiro homem. Ele era baixo e corpulento.

"A senhora deve achar que somos uma cidade cheia de gênios", afirmou o homem do meio. "Acredite em mim, não somos."

"Vocês são os homens que nos colocaram na Lua", respondeu ela.

"*Quem*?", perguntou ele. "Eu, não. Frank, você colocou alguém na Lua? Bernie?"

"Eu, não", retrucou Frank.

O homem baixo riu. "Eu, não, Wynn. "Não que eu saiba."

"Acho que a senhora nos confundiu com alguns outros sujeitos", continuou o homem do meio. "Leonardo da Vinci e Albert Einstein, talvez."

"Puxa vida", exclamou o homem baixo, "nós não queremos *robôs* como esposas. Queremos mulheres de verdade."

"Vão embora e me deixem em paz", ordenou ela.

Eles continuaram no mesmo lugar, mais escuros do que a escuridão. "Joanna", disse Frank, "se você estivesse certa e nós conseguíssemos fabricar robôs tão fantásticos e realísticos, não acha que, de algum modo, deveríamos estar ganhando dinheiro com isso?"

"Exatamente", acrescentou o homem do meio. "Todos nós poderíamos estar ricos com esse tipo de conhecimento."

"Talvez venham a ficar", rebateu ela. "Talvez seja só o começo."

"Ah, meu Deus", falou o homem, "você tem resposta para tudo. Você é que devia ter sido o advogado, e não o Walter."

Frank e o homem mais baixo riram.

"Vamos, Joanna", exclamou Frank, "p-ponha esse b-bastão no chão, ou o que quer que seja, e..."

"Vão embora e me deixem em paz", repetiu ela.

"Não podemos fazer isso", respondeu o homem do meio. "Você vai pegar uma pneumonia. Ou ser atropelada por um carro."

"Estou indo para a casa de uma amiga", alegou ela. "Estarei dentro de casa em alguns minutos. Já estaria lá, *agora*, se vocês não tivessem... ah, Jesus..." Ela abaixou o galho e esfregou o braço; tremendo, esfregou os olhos e a testa.

"Por favor, a senhora nos deixaria *provar* que está errada?", pediu o homem do meio. "Aí então nós a levaremos para *casa*, e a senhora pode pedir ajuda, se precisar."

Ela olhou para a forma escura. "*Provar* para mim?"

"Nós a levaremos até o casarão, à Associação Masculina..."

"Ah, não."

"Agora só um segundo; apenas me escute, por favor. Nós a levaremos até o casarão, e a senhora vai poder averiguar tudo, de cabo a rabo. Tenho certeza de que, dadas as circunstâncias, ninguém vai se opor. E vai ver que há..."

"Não vou pôr os pés na..."

"A senhora vai ver que não existe nenhuma fábrica de robôs lá", declarou ele. "Existe um bar, uma sala de carteado e algumas outras salas e é só isso. Há um projetor e alguns filmes pornôs; esse é o nosso grande segredo."

"E as máquinas de caça-níqueis", completou o homem mais baixo.

"Verdade. Temos alguns caça-níqueis."

"Eu não pisaria lá sem uma guarda armada", argumentou ela. "De mulheres, soldadas."

"Vamos mandar todo mundo sair", respondeu Frank. "Terá o lugar inteiro p-para a s-senhora."

"Eu não vou", objetou ela.

"Sra. Eberhart", disse o homem do meio, "estamos tentando ao máximo ser gentis quanto a essa situação, mas há um limite para o tempo que vamos permanecer aqui nesta conversa."

"Espere um minuto", pediu o homem mais baixo. "Tive uma ideia. Suponhamos que uma dessas mulheres que a senhora acha que são robôs, suponhamos que ela cortasse o dedo e sangrasse. Será que *isso* a convenceria de que ela é uma pessoa real? Ou a senhora diria que nós fabricamos robôs com sangue por baixo da pele?"

"Por Deus, Bernie", exclamou o homem do meio, e Frank completou: "Você não pode... pedir a uma pessoa que se corte só para...".

"Por favor, poderiam deixar que ela responda? Então, sra. Eberhart? Isso a convenceria? Se ela cortasse o dedo e sangrasse?"

"Bernie..."

"Só a deixem responder, que droga!"

Joanna continuou olhando fixamente para a frente e assentiu. "Se ela sangrasse", refletiu ela, "eu iria... achar que ela era... real..."

"Não vamos pedir a ninguém que se corte. Nós vamos para..."

"A Bobbie faria isso", alegou ela. "Se é que ela é realmente a Bobbie. Ela é minha amiga. Bobbie Markowe."

"Na travessa Fox Hollow?", perguntou o homem baixo.

"Lá mesmo", confirmou ela.

"Viu só?", disse o homem. "Fica a dois minutos daqui. Pensem só por um segundo, está bem? Não temos de ir lá até o centro; não temos que forçar a sra. Eberhart a ir a um lugar aonde ela não quer..."

Ninguém disse nada.

"Acho que n-não é — uma má ideia", declarou Frank. "P-poderíamos falar com a sra. Markowe..."

"Ela não vai sangrar", ponderou Joanna.

"Vai, sim", afirmou o homem do meio. "E, quando isso acontecer, vai ver que estava errada e vai nos deixar levar a senhora para casa, para o Walter, sem mais discussões."

"*Se* ela sangrar", retrucou Joanna. "Daí, sim."

"Tudo bem, Frank, você vai correndo na frente, veja se ela está lá e explique o caso. Vou deixar minha lanterna aqui no chão, sra. Eberhart. Bernie e eu vamos indo um pouco na frente, a senhora pega a lanterna e nos segue, tão afastada de nós quanto desejar. Mas mantenha a luz apontada para nós, para sabermos que está nos seguindo. Vou deixar meu casaco também; para a senhora vesti-lo. Posso ouvir seus dentes batendo."

ELA ESTAVA ERRADA; SABIA DISSO. ESTAVA ERRADA, ENCHARCADA, congelada, cansada, faminta e impelida a dezoito direções diferentes por demandas conflitantes. Inclusive fazer xixi.

Se eles fossem assassinos, *então* já a teriam matado. Um galho de árvore não os teria impedido, três homens contra uma mulher.

Levantou o galho e olhou para ele, andando bem devagar, com os pés doendo. Deixou o galho cair. Sua luva estava molhada e suja; seus dedos, congelados. Ela os flexionou e enfiou a mão sob a outra axila. Segurou a lanterna comprida e pesada com o máximo de firmeza.

Os homens davam passos curtos, à frente dela. O homem baixo vestia um casaco marrom e um boné de couro vermelho; o mais alto, uma camisa verde e calça marrom-clara, enfiada em botas marrons. Tinha o cabelo castanho-acobreado.

Sobre os ombros, ela levava o aconchegante casaco de couro dele. Seu cheiro era forte e bom — de bicho, de vida.

Bobbie ia sangrar. Era coincidência que Dale Coba tivesse trabalhado com robôs na Disneylândia, que Claude Axhelm pensasse que era o linguista Henry Higgins, e que Ike Mazzard tivesse feito seus lisonjeiros desenhos. Coincidência que ela tivesse sido tragada para — para a loucura. Sim, loucura. ("Não é *nada* catastrófico", afirmara a dra. Fancher, sorrindo. "Tenho certeza de que posso ajudá-la.")

Bobbie ia sangrar, e Joanna iria para casa se aquecer.

Para casa e para Walter?

Quando é que isso tinha começado, sua desconfiança em relação a ele, a sensação de um vazio entre eles? De quem era a culpa?

O rosto dele estava mais cheio; por que ela só havia notado naquele dia? Estivera ocupada demais tirando fotos, trabalhando no quarto escuro?

Telefonaria para a dra. Fancher na segunda-feira, iria à consulta, se deitaria no divã de couro marrom, talvez chorasse um pouco, e então tentaria se tornar feliz.

Os homens a esperavam na esquina da travessa Fox Hollow. Ela se forçou a apressar o passo.

FRANK ESTAVA PARADO À ESPERA NA PORTA ILUMINADA DE BOBBIE. Os homens falaram com ele e viraram-se para ela, que andava muito devagar pela calçada.

Frank sorriu. "Ela disse que tudo bem", afirmou ele. "Se isso te f-fará se sentir melhor, ela terá p-prazer em fazê-lo."

Joanna deu a lanterna para o homem de camisa verde. O rosto dele, largo e curtido, aparentava força. "Vamos esperar aqui fora", anunciou ele, tirando o casaco dos ombros dela.

"Ela não tem que...", falou Joanna.

"Não, vá em frente", incentivou ele. "Senão, depois a senhora vai começar a imaginar coisas de novo."

Frank apareceu na soleira da porta. "Ela está na cozinha", disse.

Joanna entrou na casa. Sentiu-se envolvida pelo calor do ambiente. Batidas de rock retumbavam no andar de cima.

Foi andando pelo corredor, flexionando as mãos doloridas.

Bobbie, de pé, a esperava na cozinha, usando calças vermelhas e um avental com uma grande margarida estampada. "Oi, Joanna!", cumprimentou e sorriu. Bobbie, bonita e de grande busto. Mas não um robô.

"Oi!", respondeu ela. Segurou o batente da porta, encostou-se nele e ali apoiou a cabeça.

"Sinto muito ver você em tal estado", disse Bobbie.

"Eu também sinto", afirmou Joanna.

"Não me importo em fazer um cortezinho no meu dedo", explicou Bobbie, "se isso vai trazer algum tipo de alívio pra você." Foi até a bancada. Caminhou suave, firme e graciosamente. Abriu uma gaveta.

"Bobbie...", chamou Joanna. Ela fechou os olhos e os abriu. "Você é mesmo a Bobbie?", perguntou.

"Claro que sou eu", retrucou Bobbie, com uma faca na mão. Foi até a pia. "Venha aqui. Você não consegue enxergar daí."

O rock retumbou mais alto. "O que está acontecendo lá em cima?", perguntou Joanna.

"Não sei", alegou Bobbie. "Dave está lá com os meninos. Venha aqui. Não dá pra você enxergar daí."

A faca era grande, com uma lâmina pontuda. "Você vai amputar a mão inteira com essa coisa", avisou Joanna.

"Eu tomo cuidado", respondeu Bobbie, sorrindo. "Venha", chamou ela, segurando a enorme faca.

Joanna afastou a cabeça e tirou a mão da porta. Entrou na cozinha — tão reluzente e imaculada, "nada Bobbie".

Parou. *A música é para o caso de eu gritar*, pensou. *Ela não vai cortar o dedo; ela vai...*

"Venha", repetiu Bobbie, de pé ao lado da pia, chamando-a com um gesto, segurando a faca de lâmina pontuda.

Não é catastrófico, dra. Fancher? Pensar que elas são robôs e não mulheres? Pensar que a Bobbie me mataria? A senhora tem certeza de que pode me ajudar?

"Não precisa fazer isso", Joanna falou para Bobbie.

"Isso vai trazer alívio...", argumentou Bobbie.

"Vou consultar uma psiquiatra depois do Ano-Novo", revelou Joanna. "*Isso*, sim, vai me trazer algum alívio. Pelo menos, é o que espero."

"Vamos lá", insistiu Bobbie. "Os homens estão esperando."

Joanna foi para a frente em direção a Bobbie, que estava de pé ao lado da pia, com a faca na mão, parecendo tão realística — pele, olhos, cabelos, mãos, o sobe e desce do busto sob o avental — que *não tinha como* ela ser um robô, simplesmente *não tinha como*, e isso era tudo o que havia naquele momento.

OS HOMENS ESTAVAM EM PÉ NA SOLEIRA DA PORTA, EXALANDO vapor quando respiravam, as mãos enterradas nos bolsos. Frank balançava os quadris de um lado para o outro, seguindo as batidas do rock a todo o volume.

"Por que será que está demorando tanto?", perguntou Bernie.

Wynn e Frank sacudiram os ombros.

O rock retumbava.

"Vou telefonar pro Walter e contar que a encontramos", disse Wynn. Ele entrou na casa. "Pegue as chaves do carro do Dave!", gritou Frank, atrás dele.

Mulheres Perfeitas
The Stepford Wives
Ira Levin

O ESTACIONAMENTO DO SUPERMERCADO ESTAVA BEM CHEIO, MAS ela encontrou uma ótima vaga perto da entrada; e isso, mais o calor do sol e o cheiro doce do ar úmido que aspirou ao descer do carro, amenizou o incômodo de ter de fazer compras. De todo modo, sentiu-se um *pouco* menos incomodada.

Mancando e usando uma bengala, a srta. Austrian saía do supermercado e vinha em sua direção; ela segurava um pequeno saco de papel na mão e tinha — mal dava para acreditar — um simpático sorriso no rosto pálido de Rainha de Copas. Para ela? "Bom dia, sra. Hendry", cumprimentou a srta. Austrian.

Olha só, os negros são toleráveis! "Bom dia", respondeu ela.

"Março está indo embora feito um cordeirinho, não é mesmo?"

"É verdade", concordou ela. "Parecia que ia ser um bicho de sete cabeças."

A srta. Austrian ficou ali de pé, parada, fitando-a. "Faz meses que a senhora não aparece na biblioteca", continuou. "Espero que não a tenhamos perdido para a televisão."

"Ah, não, eu, não", explicou ela. "Ando trabalhando."

"Em outro livro?"

"Isso mesmo."

"Ótimo! Me avise quando ele for publicado; nós encomendaremos um exemplar."

"Aviso, sim", respondeu ela. "E será em breve. Estou quase finalizando."

"Tenha um bom dia", desejou a srta. Austrian, sorrindo e se afastando com sua bengala.

"Obrigada. A senhora também."

Bem, havia ali *uma* venda.

Talvez tivesse sido hipersensível. Talvez a srta. Austrian também fosse fria com as pessoas brancas, a menos que elas já estivessem morando ali havia alguns meses.

Passou pelas portas automáticas do supermercado e encontrou um carrinho vazio. Os corredores eram aquele desfile de mercadorias usual dos sábados.

Seguiu rapidamente, pegando o que precisava, manobrando o carrinho para lá e para cá. "Com licença. Com licença, por favor." Ainda se sentia incomodada pelo modo lânguido como as mulheres faziam compras, deslizando como se jamais transpirassem. O quanto vocês conseguem ser brancas? Até o jeito de colocar os produtos nos *carrinhos*! Conseguiria comprar todo o supermercado no tempo em que elas levavam para examinar uma prateleira.

Joanna Eberhart veio em sua direção, maravilhosa num casaco azul-claro, com cintura bem marcada. Tinha um corpo perfeito e parecia mais bonita do que Ruthanne se recordava, os cabelos pretos luminosos divididos em graciosas bandós puxadas para trás. Veio bem devagar, olhando as prateleiras.

"Olá, Joanna!", cumprimentou Ruthanne.

Joanna parou e olhou para ela com seus olhos castanhos, de cílios espessos. "Ruthanne", cumprimentou ela e sorriu. "Olá, como vai você?" Seus lábios eram curvos e rubros; seu rosto, rosado e perfeito.

"Estou bem", respondeu Ruthanne, sorrindo. "Nem preciso perguntar como é que *você* vai; está maravilhosa!"

"Obrigada", agradeceu Joanna. "Tenho cuidado melhor da minha aparência ultimamente."

"Dá pra perceber", comentou Ruthanne.

"Me desculpe por não ter lhe telefonado", afirmou Joanna.

"Ah, tudo bem." Ruthanne colocou o carrinho na frente do de Joanna, para que as pessoas pudessem passar.

"Eu bem que queria ter ligado", justificou-se Joanna, "mas ando com muitas coisas para fazer na casa. Sabe como é..."

"Não tem problema", retrucou Ruthanne. "Também andei ocupada. Estou quase finalizando meu livro. Só mais uma ilustração maior e algumas poucas menores."

"Parabéns", disse Joanna.

"Obrigada", agradeceu Ruthanne. "E o que é que *você* tem feito? Tem tirado fotos interessantes?"

"Ah, não", exclamou Joanna. "Não estou mais tirando muitas fotos."

"Não está?", indagou Ruthanne.

"Não", respondeu Joanna. "Eu não era especialmente talentosa e estava desperdiçando um tempo que podia ser usado em coisas mais proveitosas."

Ruthanne olhou para ela.

"Telefono para você um dia desses, quando puser algumas coisas em dia", disse Joanna, sorrindo.

"O que é que você tem feito, então, além do trabalho doméstico?", perguntou Ruthanne.

"Nada, na verdade", explicou Joanna. "O trabalho doméstico me basta. Eu costumava pensar que tinha outros interesses, mas agora me sinto mais tranquila comigo mesma. Também estou muito mais feliz; eu e minha família. É isso que conta, não é?"

"Sim, acho que sim", concordou Ruthanne. Deu uma olhada para baixo, para os carrinhos delas; o seu, todo bagunçado, comparado ao de Joanna, todo bem ordenado. "Talvez possamos marcar aquele almoço", disse, olhando para Joanna. "Agora que estou finalizando o livro."

"Talvez a gente possa", respondeu Joanna. "Foi um prazer revê-la."

"O prazer foi meu", despediu-se Ruthanne.

Joanna, sorridente, foi se afastando — e parou, pegou uma caixa de uma prateleira, examinou-a e colocou-a no seu carrinho. Foi embora, ao longo dos corredores do supermercado.

Ruthanne ficou parada, observando-a, virou-se e seguiu na outra direção.

NÃO CONSEGUIA TRABALHAR. ZANZAVA PELO QUARTO APERTADO; pela janela, olhou para Chickie e Sara, brincando com as meninas dos Cohane; folheou a pilha de ilustrações finalizadas e não as achou tão interessantes, nem tão bem executadas quanto as julgara.

Quando finalmente conseguiu retornar à sua personagem Penny no comando do *Bertha P. Moran*, já eram praticamente cinco da tarde.

Desceu até a sala de estar.

Royal estava sentado, lendo *Homens em Grupos*, de Lionel Tiger, com meias azuis nos pés sobre um pufe. Ergueu o olhar para ela. "Terminou?", perguntou ele. Havia colado a armação de seus óculos com uma fita adesiva.

"Diabos, não", respondeu ela. "Fiquei enrolando."

"Como assim?"

"Não sei. Tem *alguma coisa* que está me inquietando. Escute, você me faria um favor? Agora que comecei, queria continuar."

"O jantar?", perguntou ele.

Ela assentiu. "Você poderia levar as crianças até aquela pizzaria? Ou ao McDonald's?"

Ele pegou o cachimbo de cima da mesa. "Claro", respondeu.

"Eu quero finalizá-lo", declarou ela. "Caso contrário, não vou poder aproveitar o próximo fim de semana."

Ele pôs o livro aberto atravessado sobre o colo e pegou o limpador de cachimbo de cima da mesa.

Ela se virou para sair e olhou para trás, na direção dele. "Tem certeza de que não tem problema?", perguntou.

Ele movia o limpador para a frente e para trás no fornilho do cachimbo. "Claro", confirmou ele. "Continue com o seu livro." Levantando os olhos para ela, ele sorriu e disse: "Não tem problema nenhum".

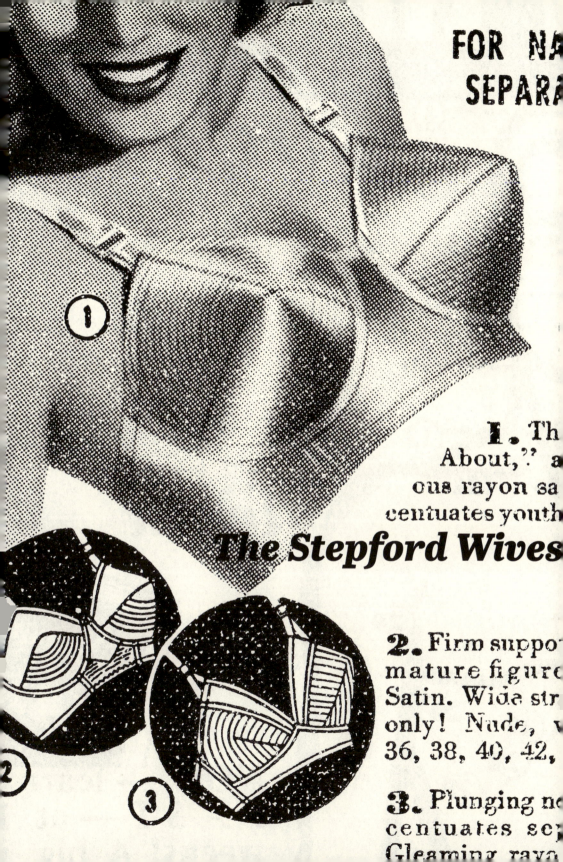

**FOR NA
SEPARA**

1. Th
About," a
ous rayon sa
centuates youth

The Stepford Wives

2. Firm suppo
mature figur
Satin. Wide str
only! Nude,
36, 38, 40, 42,

3. Plunging n
centuates sep
Gleaming ray

As obras definidoras de gênero do romancista e dramaturgo **IRA LEVIN** (1929–2007) incluem títulos memoráveis como *O Bebê de Rosemary* (DarkSide Books, 2022), *Mulheres Perfeitas*, *Os Meninos do Brasil* e *Deathtrap* — a quinta peça em cartaz há mais tempo na história da Broadway. Em quase todos os gêneros — terror (*O Bebê de Rosemary*), crime (*O Beijo da Morte*, vencedor do prêmio Edgar), ficção científica (*This Perfect Day*), comédia (*No Time for Sergeants*) e até mesmo um musical da Broadway (*Drat! TheCat!*) —, as obras duradouras de Levin continuam a repercutir entre os leitores, tornando-se marcos culturais e criativos. Saiba mais no site oficial de Levin, IraLevin.org.

*Reduza-me a peças
como em uma fábrica de relógios
ou um abatedouro.
Esmague o mistério.
Emparede-me viva
dentro do meu próprio corpo.
Eles querem me atravessar com o olhar,
mas nada é mais impenetrável
do que a transparência absoluta.*

— MARGARET ATWOOD —

DARKSIDEBOOKS.COM

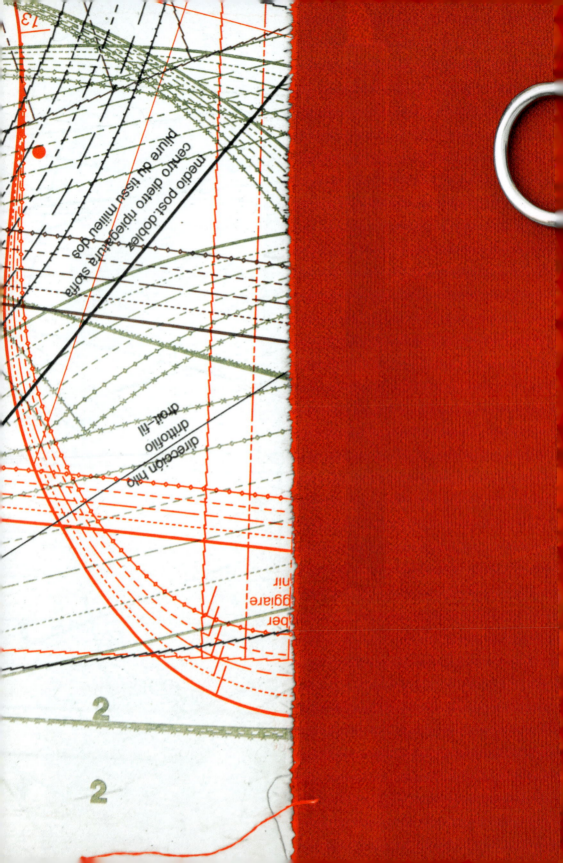